Andrea Paluch

Zwischen den Jahren

Roman

Ellert & Richter Verlag

Gut gehängt ist besser als schlecht verheiratet.
William Shakespeare, Was ihr wollt

*

Yesterday I got so old
It made me want to cry …
The Cure, In Between Days

I

Dies ist eine Geschichte über mich. Und sie endet gut. Jedenfalls für mich. Wenn man seine eigene Hauptperson ist, kann man selbst entscheiden, wie man am Ende seiner Geschichte dastehen will. Man kann der Wirklichkeit ein Schnippchen schlagen. Deshalb erzählen Menschen Geschichten, denke ich. Nicht, um die Wirklichkeit abzubilden, sondern um sie zu entwerfen. Da ich weiß, wie meine Geschichte endet, kann ich auch gleich sagen, was passieren wird. Es ist nämlich nicht die Geschichte eines Ehebruchs, in dem zwei Frauen und zwei Männer die Hauptrollen spielen. Es ist die Geschichte von mir und meinem Leben. Und das ist merkwürdig. Denn „mein Leben“, das bin ja ich. Und dennoch ist es mir manchmal fremd. Dies ist die Geschichte, wie mein Leben zu einem Ding wurde, einem mir äußerlichen Ding wie ein Auto oder ein Computer, und wie ich mich spaltete und wieder zusammensetzte. Und so beginne ich sie.

*

Zu meinem 40. Geburtstag bekam ich eine Perücke. Sie war blond, das Haar war glatt und voll und wie ein Pagenkopf frisiert. Tanya hatte sie mir geschenkt.

Tanya ist meine Freundin. Nicht irgendeine Freundin. Sie ist das, was ich eine beste Freundin nennen würde. Nicht so eine Kindheitsfreundin, mit der ich Kaugummiblasen geübt habe oder die Erste, die in mein Poesiealbum geschrieben hat, niemand, den ich schon ewig kenne und der deshalb einen Vertrauensvorschuss genießt, geschuldet den gemeinsamen Erfahrungen, die man macht, wenn man erwachsen wird und über die erste Achselhaarrasur redet oder was man mit seiner Zunge anfängt, wenn man einen Jungen küsst. Nein, Tanya ist eine fremde Frau, die ich mir als Freundin ausgesucht habe. Sie ist so, wie ich mich eigentlich gerne sehe – unkonventionell, spontan, frech und direkt.

Tanya habe ich im Tierheim getroffen, als wir unsere Katze dort holten. Sie stand vor einem Hundekäfig und sah dem Boxer und der Promenadenmischung darin beim Bellen zu. Als wir die Papiere unterschrieben und unseren kleinen Kater in einen Katzenkorb verpackten, ging sie an uns vorbei. Sie nickte. Als ich sie ansprach, tat ich es aus Mitgefühl.

Tanya ist trinkfester als ein Mann, jedenfalls als mein Mann. Der wird von Sekt immer müde, trinkt dann zwar mir zuliebe, abends, wenn er nach Hause kommt, mit rot unterlaufenen Augen noch ein drittes Glas, wird aber, was sonst so gar nicht seine Art ist, schweigsamer und schweigsamer, hört am Ende nur noch zu, wenn er nicht in Gedanken schon dem Schlaf nachhängt, nur um dann zu sagen: „Das letzte Glas wird immer voller, je länger du trinkst. Ich kann nicht mehr." Wer meinen Mann kennt, könnte an diesem Satz gleich mehrere Merkwürdigkeiten feststellen. Erstens ist es höchst ungewöhnlich, dass mein Mann zuhört. Ich meine, nur zuhört. Nicht dass er ein schlechter Zuhörer wäre, aber meistens redet er. Sagen wir so: Er hört zu, um danach besser reden zu können. So sind Männer? Nein, eben nicht. So ist mein Mann. Männer, wie ich sie kenne, wollen eigentlich nicht reden. Und ich liebe ihn, weil er es tut.

Als ich meinen Mann kennenlernte, hieß jener amerikanische Musiker, der mit „1999" den Soundtrack meiner Jugend schrieb, noch Prince und nicht wieder Prince, nachdem er sich zwischendurch „the Artist formerly known as Prince" genannt hatte. Und in einem seiner Songs, den ich immer auf dem Walkman hörte und dessen Titel ich nicht mehr erinnere, heißt es: „Tonight we make love with only words". Der Walkman ist längst durch einen iPod ersetzt, aber die Textzeile ist unersetzbar.

Es ist auch keineswegs selbstverständlich, dass mein Mann rot unterlaufene Augen hat. Er ist nämlich ein attraktiver Mann. Sagen alle. Sage ich. Und die Falten um seine Augen, die in den letzten Jahren dazu gekommen sind wie die grauen Haare, die jetzt seine dunkelblonden zu melieren beginnen, heben das eher noch hervor. Falten sind Lebenslinien im Gesicht. Und die meisten davon spiegeln sich in meinem, denn unser Leben ist geteiltes Glück.

Und dann ist hervorzuheben, dass mein Mann mit mir abends Sekt trinkt, sogar wenn er müde ist. Wenn Sie wüssten, wer mein Mann ist, würden Sie es vermutlich nicht für möglich halten. Denn seitdem er den neuen Job hat, ist er andauernd im Fernsehen, und wenn Sie auch Zuschauer eines öffentlich-rechtlichen Programms sind, glauben Sie wahrscheinlich, dass er Tag und Nacht arbeitet und in Ihrem Flachbildschirm wohnt. Gesehen haben Sie meinen Mann auf jeden Fall schon. Er ist Moderator beim Fernsehen und macht *die* Polit-Talkshow. Seitdem er sich mit Frau Merkel treffen kann, wann immer er will (das behauptet er jedenfalls nach dem zweiten Glas Sekt), hat sich unser Leben verändert. Er ist plötzlich für viele wichtig, nicht nur für mich, und wird wichtig genommen, von mir allerdings etwas weniger, weil ich seine neuen Gesprächspartner in der Regel nicht so schätze, und ja, er arbeitet viel. Was man so Arbeit nennt. Er liest Zeitungen, nimmt Einladungen zu Empfängen an, wie es ihm gefällt – und redet mit Leuten. Wer ihn so lange kennt wie ich, der würde zögern, dies Arbeit zu nennen. Für ihn jedenfalls. Für mich wäre es ein Albtraum und nicht mit Geld und guten Worten zu bezahlen. Aber für ihn verhält es sich so, dass all das, was ihm in seinen früheren Jobs Probleme gemacht hat, jetzt plötzlich Schlüsselqualifikationen sind. Sieben Dinge gleichzeitig tun, verschiedene Themen zusammenbinden und einen ganz neuen Zusammenhang entstehen lassen; diese Ungeduld, wenn ein Argument nicht kommt; die Leidenschaft für Neues und Desinteresse gegenüber dem, was bereits vergangen ist. Na ja, was ich sagen will: Er ist vielleicht wichtig und wird wichtig genommen. Aber er nimmt sich selbst nicht wichtig. Und schon gar nicht Merkel und die anderen. Für ihn ist das alles leicht. Und obwohl sich unser

Leben verändert hat und wir beide gute Jobs haben – das klingt fast wie „Karriere", die wir immer vermeiden wollten –, ist es so, als lebten wir rückwärts, als würden wir mit jedem Tag jünger. Die Kinder sind mittlerweile selbstständig, lesen sich selbst in den Schlaf, beherrschen den Busfahrplan und suchen sich zur Not auf Google Maps den Weg durch die Stadt, sodass ich mehr arbeiten kann, und das, obwohl mein Mann so selten da ist.

Oder mich mit Tanya treffen.

Mein Mann und ich, wir werden nicht nur täglich jünger, sondern auch mit jedem Jahr. So fühlt es sich an. So fühlte sich dieser vierzigste Geburtstag an. Auch wenn wir es uns nicht mehr jeden Abend sagten, auch wenn wir weniger Zeit miteinander verbrachten, war ich mit meinem Leben nie zufriedener. Vielleicht war ich gerade deshalb zufrieden, weil unsere gemeinsame Zeit knapp wurde. Das zeigte doch, dass das Leben intensiver wurde, dass sich der Erfolg, den wir nie wollten, ausweitete; dass es immer mehr Dinge gab, auf die ich stolz sein konnte, was nie der Plan war. Die Kinder, die ein eigenes Leben gegen meines durchsetzten, das Haus oder der Garten, der nun schon so bewachsen war, dass man Unkraut jäten und Laub harken musste, Beschäftigungen, die die gemeinsame Zeit noch mehr beschnitten. Trotzdem machte mir auch das Laubharken Spaß, wenn ich schwitzte und der Westwind so eisig war, dass er den Schweiß nicht von der Stirn sog, sondern nur kalt werden ließ. Und wenn die ersten Krokusse und Schneeglöckchen die schwarze Erde mit Farbtupfern infizierten, wenn ich die ersten Tannenreisige von den Rosen nahm, obwohl der Nachtfrost noch immer wiederkommen konnte, dann freute ich mich darauf, den Geruch des Winterbodens tief einzuatmen und mir die Gartenhandschuhe auszuziehen, um die Rauheit und die Feuchtigkeit der Erde auf der Haut zu spüren.

Es war okay, unser Erfolgsleben, weil es eine innere Distanz gab, eine Coolness, die mich anders machte, mich und uns.

Es hatte heftig geschneit. So heftig, dass Züge ausgefallen und Autobahnen gesperrt worden waren. Der Ostwind hatte die Felder abgeräumt und hohe Verwehungen aufgetürmt. Der Verkehr blieb stehen, die Welt drehte sich langsamer. Und die Sonne schien. Ein gebleichter Tag, mein vierzehntausendsechshundertster auf Erden, der Himmel wie Neonlicht, die Welt wie weiße Wäsche. Die Fenster waren seit dem Sommer nicht geputzt worden. Das Licht schälte den Dreck vom Glas. Regen mit Staub und Abgasen hatte es stumpf gemacht. So dreckig wie die Scheiben waren, so glücklich war unser Leben.

Wir verabschiedeten die Kinder in den letzten Schultag vor den Weihnachtsferien, und mein Mann kochte Kaffee in der Espressokanne, die er bei unserem ersten Urlaub in Italien auf dem Flohmarkt gekauft hatte. Und ich, ich packte Tanyas Geschenk aus.

Ich setzte die Perücke auf. Die Haare fielen tief in den Nacken und vors Gesicht. Es fühlte sich an wie früher im Schwimmbad mit Badekappenpflicht. Dieser enge Zug um den Kopf, wenn man sich eine Gummihaube aufstülpt. Ich spürte das Gewicht einer zweiten Kopfhaut über meiner eigenen. Mein Mann pfiff laut über das Zischen des Espressokochers „Every Breath You Take“. Ich ging zu ihm und schlang meine Arme von hinten um seine Hüften. Er hatte mich nicht kommen hören, und ich spürte ein leichtes Zucken, als ich ihn berührte. Übermütig drehte er sich um – und wich zurück. Falls er sich bei meiner unerwarteten Berührung erschrocken hatte, der Schreck vor meinem Anblick war größer.

„Was", fragte ich.

Ich glaube, und im Nachhinein erscheint es mir wie ein Zeichen, er hat mich im ersten Moment tatsächlich nicht erkannt. Ich meine, es waren nur er und ich im Haus und es waren nur andere Haare. Ich war noch so groß wie vorher, hatte den gleichen graublauen Pullover an und die gleiche Jogginghose, trug das gleiche Parfüm, wenn auch durch die Nacht aufgerieben, und hatte das gleiche Gesicht. Aber er erkannte mich nicht. Nicht sofort.

„Dein goldenes Haar Margarete", sagte er dann.

Was sich wie eine Liedzeile der „Neuen Deutschen Welle" anhört, ist ein Zitat von Paul Celan. Es kam aus einer Zeit, als wir begriffen, dass Sprache eine eigene Form der Wirklichkeit schaffen kann. Mein Mann nutzte diese Erkenntnis praktisch, indem er redete und redete und Welt auf Welt erschuf, ich nutzte sie theoretisch. Ich bin Dozentin für vergleichende Literaturwissenschaft. Dozentin, das klingt toll, nach Karriere eben, es ist aber keine. Ich bin keine Lehrstuhlinhaberin, keine Professorin, ich bin Dozentin, im akademischen Mittelbau steckengeblieben. Typische Frauenkarriere: zwei Kinder, ein aufgeschlossener Mann, der sicher Vatermonate genommen hätte, wenn es die damals schon gegeben hätte, und trotzdem hat der Tag nur vierundzwanzig Stunden und schlafen muss man auch und ab und zu durchatmen. In meinem Laptop steckt eine halbfertige Habilitation über „Die Suche nach der vollkommenen Sprache", steckt da seit zehn Jahren. Welche Sprache sprach Gott, als er zu Adam redete? Gab es eine Ursprache, bevor sich die Völker trennten? Und ist die Hoffnung, in einen Zustand vor der babylonischen Sprachverwirrung zurückzufinden, eine Utopie, die zu leben sich lohnt?

Inzwischen müsste ich von vorn anfangen, so viele theoretische Verwerfungen hat es gegeben. Der Poststrukturalismus ist Vergangenheit, mit Lacan kann ich keinem mehr kommen. Anfangs wollte ich es nicht wahrhaben, dass ich die Kraft nicht aufbringen kann, die Habilitation fertig zu schreiben. Dann habe ich gekämpft, habe Interpretationen über die Genesis gelesen, über die Kabbala und das Esperanto. Und dann habe ich schließlich verstanden. Ich weiß es noch wie heute, den Moment, als mein Grübeln über Hieroglyphica und Grammatik endlich eine Antwort erhielt.

Seitdem ist es okay, dass ich nicht weltberühmt werde. Es ist okay, dass nach mir keine Straßen benannt werden und mich nicht noch in zweihundert Jahren Studentinnen in Fußnoten erwähnen. Mir reicht das kleine Glück, zu lesen und mit interessierten jungen Menschen, die Bücher nicht für gedruckte E-Books halten, über Literatur zu reden. Ich habe mich mit meinem Job arrangiert.

Eine Zeit lang hatten mein Mann und ich Seite an Seite für die gleiche Sache gearbeitet: Erkenntnis durch Sprache. Dann hatte er die Pferde gewechselt. Er hatte aufgehört, daran zu glauben, dass Sprache ein Sinn mit eigenem Recht sei, für ihn war sie lediglich Mittel zum Zweck. Er wurde Journalist. Da konnte er reden, so viel er wollte, und keine Bedeutung war ernst über den Tag hinaus.

„Was ist das?", fragte er.

„Das bin ich."

„Nein, das da –?" Er zeigte auf meinen Kopf.

„Das bin ich auch", sagte ich. Aber da täuschte ich mich.

Ich ging ins Badezimmer. Im Radio lief ein Bericht über zwei italienische Journalistinnen, die in der afghanischen Provinz Herat vermisst wurden. Ich suchte einen Sender ohne Nachrichten und Weihnachtsmusik.

Ich betrachtete mich im Spiegel. Ich sah mich nicht. Natürlich wusste ich, dass ich es war. Aber wenn man sich anschaut und sich selbst nicht erkennt, dann spaltet sich etwas. Dann trennt sich das Denken vom Körper, und der Körper wird einem fremd.

„Tanya hat sie mir geschenkt", rief die blonde Frau in die Küche.

II

Tanya ist meine beste Freundin. Das habe ich schon gesagt. Sie ist seit einiger Zeit Sängerin in einer Rockband, die auf den Namen d.jam getauft wurde, was irgendwie nach Drogenmissbrauch klingt und vermutlich auch so gemeint ist.

Sängerin – das klingt nicht nur abgefahren, das ist es auch. Manchmal besuche ich sie in ihrem Proberaum, schlage die Beine übereinander und höre zu. Und wenn ich vollgedröhnt vom Bass nach Hause komme, dann hat mein Herzschlag den Rhythmus ihrer Musik.

„Schreibt sie sich deshalb mit Ypsilon?", hatte mein Mann gefragt, als er ihren Namen zum ersten Mal las. Ich hatte ihm einen Zeitungsbericht über die Band gezeigt. Der Spott in seiner Stimme war voll gegen mich gerichtet. Es gibt diese seltsame Eifersucht von Männern auf die Freundinnen ihrer Frauen. Ich kenne das auch anders herum, als Freundin, die zum Störenfried abgestempelt wird.

„Du magst sie nicht, bevor du sie überhaupt gesehen hast", sagte ich. Das war vor vier Jahren gewesen. Wir saßen unter einem Himmel wie Kirschsorbet.

„So ist es nicht. Nur –"

„Nur was?“

„Ich meine, sie ist Mitte dreißig oder so. Muss sie so tun, als wäre sie ein Rockstar?“

„Was willst du mir sagen? Dass man mit Mitte dreißig nichts Neues mehr anfangen soll?“

Er zog die Zeitung zu sich rüber.

„Hat sie gefärbte Haare?“

„Gefällt sie dir doch?“

„Wie alt, sagtest du noch, ist sie?“

„Du sagtest, sie ist Mitte dreißig …“

Tanya war einen Kopf kleiner als ich und hatte dunkles Haar, das ins Kastanienbraune überging. Selbst auf dem matten Papier des Zeitungsfotos schimmerte es. Man sah ihr an, dass sie Sport trieb. Sie machte Step Aerobic und Power Yoga. Sie stand immer in der ersten Reihe. Niemand macht das normalerweise freiwillig, aus Angst, peinlich zu sein oder dumm aufzufallen. Sie sagte: „Hinten sehe ich nur die Fehler der anderen.“

Sie war keine zierliche Frau. Im Gegenteil, sie hätte genauso gut rundlich sein können, aber so gern wie sie lebte, trank und tanzte, so hart war sie gegen sich selbst, wenn es um körperliche Fitness ging. Und diese Härte hatte sie mitunter auch gegenüber Menschen. Auch denen gegenüber, die sie mochte. Auch mir gegenüber.

Unser erstes Nachtgespräch im Garten. Wir hatten die Füße auf die Blumenkübel gelegt und schauten den Fledermäusen zu, die über unseren Köpfen Mücken und Motten vertilgten. Ich überlegte, wie viel Leben wohl eine Fledermaus in einer Nacht auslöscht. Die tönernen Kübel gaben den heißen Tag langsam wieder ab.

„Ich muss dich warnen“, sagte Tanya. „Meine Freundschaften scheitern.“

Mein Mann telefonierte im Haus.

Was wollte sie von mir? Wir tranken zusammen Sekt, und ich zog ab und zu an ihrer Zigarette, nach zwanzig Jahren Nichtrauchen. Irgendwie klang es, als wollte sie mir eine Beziehung vorschlagen.

„Es liegt an mir, klar. Aber das Problem ist, ich weiß nicht, was ich falsch mache.“

Ich wusste es. Ich hätte es ihr sagen können. Ich war bei der Probe dabei, als sie Marlene, der Gitarristin, sagte: „Du musst dich entscheiden. Entweder oder.“ Die beiden spielten als Duo zusammen. Es hatte was, die Rocksongs der Band *unplugged* zu hören. Mir gefiel das fast besser. Aber als es die ersten Konzerte geben sollte, stellte sich heraus, dass Marlene nicht auftreten wollte. Ich weiß nicht, ob es Lampenfieber war oder weibliche Bescheidenheit oder Zweifel an der Qualität von Tanya oder ihr oder beiden. Aber Tanya fragte nicht nach, sondern sagte ihr, was Sache war. Und damit hatte sich die Freundschaft erledigt.

„Hast du mal überlegt, wie es wäre, nicht du zu sein?“, fragte sie.

„Ich wollte früher immer Aschenbrödel sein“, gab ich zurück. „Nur die wahre Liebe erkennt die Prinzessin in ihr.“

„Nein, nicht als Kind. Heute. Ich meine, ich bin zwar ich, aber führe ein anderes Leben. Ich bin ja gerne ich. Aber ich würde gern wissen, wie es ist, wenn man Kinder hat. Oder einen Mann. Einfach wie es ist, wenn man sein Leben neu zusammenwürfelt.“

„Kinder zu haben fühlt sich an, als hättest du zu wenig Schlaf gehabt“, sagte ich.

„Und einen Mann?“

„Meinst du meinen?“

„Ich meine einen, den man für immer hat. Mit dem man sein Leben teilt. Ich würde gern wissen, wie es ist, wenn man treu ist.“

III

Und jetzt hielt ich Tanyas Perücke in den Händen, setzte sie auf und ab und drehte mich unter den Augen des Mannes, von dem Tanya gerne wissen wollte, wie es war, seine Frau zu sein. Später erzählte sie mir von ihren Männern, und wie sehr es sie erschöpfte, immer wieder von vorne anzufangen.

„Beziehungswechsel, das ist der Fluch unserer Generation", sagte sie. „Wir dachten, es wäre cool, möglichst häufig andere Partner zu haben, tatsächlich wurden wir nur immer beziehungsunfähiger. Ich kann noch nicht mal Frauen eine gute Freundin sein."

Dann fragte sie mich, ob ich meinem Mann eine gute Frau sei.

„Definiere ‚gute Frau'", sagte ich.

Gebügelte Moderatorenhemden? Jeden Abend ein gedeckter Tisch? Ein Schlips zu Weihnachten? Nichts dergleichen.

Sie: „Spielt ihr euch im Bett etwas vor?"

Ich: „Immer."

Damit hatte sie mich auf meinem Terrain. Dass man sich selbst ausprobiert und neu erfindet und Spiele spielt, das ist nichts, was einem Sorgen machen muss, und kein Beweis für Untreue. Es ist der Pool, aus dem Neues entsteht. Es heißt, Menschen seien kreativ oder sie sind es nicht. Aber das ist falsch. Das ist zu tief gedacht. So als ob Kreativität etwas Wesenhaftes sei. In Wahrheit ist sie ein Oberflächenphänomen, man kann sie üben, entwickeln und ausbauen. Nämlich indem man spielt. Mit den Dingen, mit sich, mit seinem Partner. Man muss nur den Mut aufbringen, irgendetwas ein wenig anders zu machen. Ist das zu abstrakt? Nun, deutlicher will ich eigentlich nicht werden. Aber angenommen man erinnert sich daran, wann es besonders war. Man muss nur ein wenig anders agieren, ein wenig länger küssen, ein wenig das Bein anders stellen. Deshalb wohl nennt man es Liebesspiel.

Tanya war baff. Und ich kam mir vor, als wäre ich mein Mann, der den Menschen die Welt erklärt.

Dann wollte sie wissen, ob mein Mann der Mann sei, mit dem ich den besten Sex meines Lebens gehabt hatte. Schon die Frage verriet sie. So konnte nur eine Frau fragen, die dem Fluch unserer Generation unterlegen war.

Der Fluch meiner Generation: Alles muss stets in Superlativen gedacht werden. Die meisten Partner, das meiste Geld, die weiteste Reise, das spektakulärste Leben, die abgefahrensten Visionen.

Aber so war mein Leben nicht. Es ist schwer zu erklären, weil es nicht durch Verzicht oder Mittelmäßigkeit anders geworden ist, sondern aus Protest gegen dieses Denken in Hitparaden. Es war so, als wären wir zwar zum Himmel hochgewachsen, hätten ihn aber durchstoßen. Wie diese riesige Rankpflanze im Trailer zu Monty Pythons „Leben des Brian".

Über dem Himmel gibt es keinen Horizont. Und so lieben wir uns. In Glück, Spiel und Zufriedenheit, still und sich bedingend.

Ich freute mich auf den Nachklang in meinem Körper beinahe mehr als über den ekstatischen Höhepunkt, eher über den langsamen, verschneiten Morgen und über die Trägheit, mit der er sich zum Tag wandelte, als auf die halbe Stunde, in der wir unsere Gelenkigkeit auf die Probe stellten.

Es war schon über zwei Jahrzehnte her, dass ich mit einem anderen Mann geschlafen hatte. Aber das war kein Gedanke, der mich beunruhigte.

*

Mein Mann wollte mich ins Schlafzimmer hochtragen. Seine Küsse schmeckten nach Espresso aus der italienischen Kanne. Nach der ersten Treppe spürte ich die Muskeln an seinem Rücken zittern. Auf der zweiten Treppe setzte er mich auf halber Höhe ab.

„Du bist stark, aber nicht stark genug."

Da mein Mann nun andauernd vor Publikum auftreten muss – und ich meine nicht vor zehn oder zwanzig Leuten, sondern vor zwei bis drei Millionen –, treibt er wieder Sport. Er tut das widerwillig. Nicht wegen des Sports, sondern wegen der Zeit, die das kostet. Wenn er nach zwei Nächten im Hotel nach Hause kommt, abgespannt von den letzten 250 Kilometern Autobahn und die Augen wie Baustellenlampen irrlichternd, dann setzt er sich als Erstes auf den Boden und baut mit seinen Söhnen aus Klötzen ein Kolosseum oder spielt mit ihnen Skat. Und wenn schließlich Ruhe ist, weil die Skatbrüder im Bett sind, dann zwingt er sich in einen Kraftraum, hängt an Maschinen, die er mit der Kraft seiner Brustmuskeln nach vorne biegen muss, oder schwitzt auf dem Laufband. Nur ist dann keine Zeit mehr für das, was uns die Kinder beschert hat.

Anschließend machten wir meinen Geburtstagsspaziergang, Hand in Hand, als hätten wir uns gerade gefunden und wollten uns nicht loslassen, um uns nicht wieder zu verlieren. Selten war die Welt so hell. Die Sonne brillierte auf dem frischen Schnee. Kerzen waren blass an diesem Tag. Ich feierte die Hälfte meines Lebens mit festen Schritten. Die verschneite Welt knirschte unter meinen Sohlen. Ich betrat sie, verdichtete ihre Materie und hinterließ meine Abdrücke.

Wir schwiegen über das, was wir gerade gemacht hatten, und redeten über Alltägliches. Wer die Jungs zum Handball fährt, ob er am Abend da ist, was es zum Essen geben soll und ob dazu alles eingekauft ist. Er wollte mich einladen zu einem Portugiesen um die Ecke. Aber ich liebe es, wenn wir beide Zeit zum Kochen haben. Ein Glas Weißwein auf der Anrichte, den Fischsud blubbernd in der Pfanne, er schneidet Lauch, ich bereite den Nachtisch vor.

Er mache alles mit, sagte mein Mann, müsse aber nachher noch einmal telefonieren.

„Wichtig?“, fragte ich.

„Tragisch“, sagte er. Er hatte einen Soldaten für ein Interview gewonnen, der in Afghanistan gekämpft hatte. Einen deutschen Soldaten, muss ich hinzufügen. Aber das ist eigentlich klar, oder? Mein Mann sagte „gekämpft“. Und ich fragte, was das heißt.

„Getötet", sagte er.

„Das tun Soldaten."

„Aber nicht so. Die Art des Tötens macht den Unterschied. Ich habe Informationen geleakt bekommen."

„Ge-was?"

„Durchgestochen, geleakt, wie bei Wikileaks."

Jene Internetplattform, auf der geheime Dokumente von Regierungen, Politikern oder auch Konzernen veröffentlicht werden, war der Traum und Albtraum eines Journalisten, wie mein Mann einer war.

„Dahinter steht die Idee, im weltweiten Netz ein Forum absoluter Transparenz zu schaffen", sagte er. Unser alter Freund, da war er, der Traum von der Weltsprache, die Metapher von der Lesbarkeit der Welt, das Versprechen von Pfingsten. Aber für Journalisten besteht das erhebliche Risiko, dass die geleakten Informationen falsch sein könnten. Für die Informationen zeugen nur anonyme Quellen, es gibt aber keine Garantien für die Echtheit der Zitate, nur Zahlenreihen und Verweise auf Verweise.

Wikileaks wird so zur Chiffre unseres Lebens. Das Internet und seine Prinzipien verdichtet zu einer Grenzlinie. Wir ersaufen in Informationen, Nachrichten und Meldungen prasseln auf uns ein, dass wir die Orientierung verlieren wie in Bezügen, die wir nicht übersehen. Ich meine nicht die Nachrichten allein, ich meine Perücken, die uns geschenkt werden, Freundinnen, die uns schmutzige Geschichten erzählen, Männer, die telefonieren und kochen gleichzeitig, ich meine die Ideale, Superlative und das kleine Leben, das wir führen.

Ein Hagelschauer aus halbem Wissen. Wir leben buchstäblich wie im Netz, wie ein Tümmler, der sich verfangen hat und dem die Luft ausgeht, wenn er nicht an die Oberfläche stößt. Irgendwie müssen wir uns freischwimmen.

Und da ist das „Leak", ein doppeldeutiges Wort. Es ist zugleich ein Loch im Netz, und irgendwie hält es die Hoffnung wach – nein, nicht dass wir eine reale Welt hinter der Inszenierung erkennen, sondern dass wir die Welt noch einmal inszenieren können.

Im Alltag des Winters 2010/2011 war für einen politischen Journalisten die Veröffentlichung von Kriegsvideos auf Wikileaks, aufgenommen aus amerikanischen Apache-Hubschraubern, die zeigen, wie Unschuldige abgeschossen werden wie bei einer Treibjagd, kein Geheimnisverrat. Es war der Übergang von einem Zeitalter zum nächsten.

Als wir uns kennenlernten, war mein Mann Poststrukturalist. Er nannte sich selbst so. Ich musste erst herausfinden, was das bedeutete.

Strukturalismus ist eine Theorie, nach der sich die Bedeutung der Dinge nicht urwüchsig aus ihrer Geschichte ergibt, sondern durch ihren Gebrauch in der Gegenwart. Was ich meine, wenn ich Hund sage, hängt nicht von seiner Abstammung vom Wolf ab, sondern davon, was ich meine, wenn ich Katze, Löwe oder Waldi sage.

Poststrukturalismus ist die Fortentwicklung dieser Theorie, die sagt, dass man eigentlich nie genau wissen kann, was gemeint ist, und dass Bedeutung immer nur ein Spiel der Möglichkeiten ist. Und nun übertrage man das bitte von Hund auf Liebe …

Mein Mann konnte Abende lang vom Bruch im Geschichtskontinuum erzählen. Die Menschheit heute, anders als vor wenigen Jahren noch, habe die Möglichkeit, Hunger, Armut, Elend und Zerstörung weltweit zu stoppen. Sowohl die technischen wie die finanziellen Mittel waren da. Und es war ohne Weiteres denkbar, dass wir unseren Reichtum mit Afrika teilten. Aber weil wir es nicht taten, zerbrach die Tradition von Aufklärung und Humanismus, entlang der wir uns selbst definierten. Wir waren Asoziale. Wir hatten die Idee vom Guten aufgegeben.

Ich zweifelte schon damals daran, ob das so richtig war. Es ist doch die Tradition der Aufklärung, Länder zu unterwerfen und zu Kolonien zu machen, technischen Fortschritt zu bejahen und Atomkraftwerke zu bauen. Es ist die Tradition der Aufklärung, die uns hilflos macht. Und ‚hilflos' heißt dann eben auch, dass wir nicht helfen wollen. Das, ich muss es zugeben, ist ein poststrukturalistisches Argument. Aber aus der Annahme, die Vernunft würde es schon richten, entstanden nicht nur Penicillin, Autobahnen und die Glühbirne, sondern auch Klimawandel, Napalm und Fukushima. Und mein Mann schwadronierte weiter über utopische Weltregierungen, während er gleichzeitig das Ende der Utopie anmahnte.

Lange redeten wir so, viele Jahre. Und dann plötzlich nicht mehr. Dann spaltete sich unser Leben, vervielfältigte sich, und die neuen Leben holten sich ihren Anteil an unserem. Die Kinder wurden geboren, sie machten müde, die Tage waren voll, das Geld war knapp und unsere Gespräche kreisten um praktische Fragen: Mit welchem Kinderwagen lässt sich auch joggen, und gibt es den gebraucht; welchen Kühlschrank nehmen wir, den preiswerten oder den mit dem geringen Energieverbrauch; muss mein Mann zu Hause sein, wenn meine Mutter zu Besuch kommt? Älterwerden, das hieß vor allen Dingen, den Alltag teilen lernen.

Nicht, dass ich falsch verstanden werde. Ich liebe meine Kinder. Und in einem ganz unmetaphorischen Sinn sind sie mein Leben. Und weil das so ist, bin ich jedes Mal überrascht, wer zu Hause bleibt, wenn sie gegangen sind, wenn sie in der Schule sind oder beim Sport. Da öffnet sich eine Lücke, ein Leak.

Und so, im Schnee meines Geburtstages, knüpfte mein Mann übergangslos an die Gespräche damals am Küchentisch in unserer Wohngemeinschaft an. Die Rotweinglasflecken auf dem blanken Kieferntisch; der Geruch von Doseneintopf; die asbesthaltigen Nachtspeicheröfen und ihre staubige Stromwärme.

Heute war die Luft klar und ich so nüchtern wie seitdem nicht mehr.

Er sagte: „Was Wikileaks so krass macht: Es beendet die Frage danach, wie man an Informationen gelangt. Das Wissen ist im Überfluss verfügbar. Man kann alles wissen. Oder man könnte es, theoretisch. Es gibt keine Unschuld mehr. Keiner kann sich mehr rausreden. Das betrifft nicht nur Afghanistan. Das betrifft alles. Das betrifft das Risiko von Atomenergie, von Ausbeutung und Folter. Wenn irgendwo ein Atomkraftwerk durch ein Erdbeben zerstört wird, dann ist das selbstverschuldet, nicht mehr Schicksal. Das macht den Unterschied."

„Das hast du schon vor zwanzig Jahren behauptet. Das behaupten immer alle. Siehst du nicht, dass du immer wieder eine neue Epoche postulierst – nicht, weil sie neu ist, sondern weil du dadurch eine eigene Rechtfertigung ableitest? Immer muss es den Zeitenwandel geben."

„Was für eine Rechtfertigung?"

„Für dich. Für deine Sendungen. Du denkst Politik und Geschichte in Quoten. Und deshalb musst du immer wieder sagen, dass es eine Neuigkeit gibt, damit es neu wird."

Ich schlug ihn mit seinen eigenen Waffen. Schweigend stapfte er durch den Schnee, die Hände im Mantel vergraben.

Auch der Mantel bedeutete etwas. So lange ich ihn kannte, trug er keine Mäntel, sondern Jacken. Bei Schneeballschlachten, Gartenarbeit, dem Bücken nach Steinen am Meer oder nach Ziegeln von Paletten beim Verlegen eines Gehwegs rutschten sie hoch, und sein Rücken war immer frei. Es gab Lederjacken, Trainingsjacken, Army-Jacken, Blousons. Die kurzen Jacken, die den Hintern stets unbedeckt ließen, waren sein Markenzeichen. Eines, das er mit vielen Männern teilte. Aber seit diesem Winter gab es einen Mantel, dunkelblau, tailliert geschnitten. Wahrscheinlich genoss er den warmen Rücken, die Achillesferse des Mannes im Alter. Er hätte wohl gesagt, dass es nicht an ihm lag, sondern die Winter schlicht grimmiger wurden. Oder es lag am neuen Job, auf keinen Fall jedoch hatte er sich verändert oder wurde gar älter.

„Du findest, dass ich übertreibe?"

„Du pointierst. Was ist daran neu, dass jemand Dokumente klaut und sie veröffentlicht? Das haben Journalisten immer getan. Das ist Journalismus. Und dass die technischen Möglichkeiten heute anders sind, ist auch keine Nachricht. Sie entwickeln sich seit der Einführung der Brieftaube ständig weiter."

„Was daran neu ist? Dieser amerikanische GI, der die Dokumente ins Netz gebracht hat, der hätte sonst mit zehn seiner Kumpel eine Woche lang Akten schleppen müssen, um alle Infos zu rauben. Jetzt brennt er einfach eine CD. Die Technik definiert das Neue."

„Das hat der Druck der Bibel auch getan. Nur deshalb konnte Luther Protestant werden. Sonst wäre er immer ein unzufriedener Katholik geblieben."

„Eben. Wikileaks, das ist die Lutherbibel der Neuzeit. Es wird die Welt neu prägen. Und es wird auch neue Formen des Protestantismus geben, im Sinne von Protesten. Über das Internet werden sich Menschen artikulieren und neu organisieren. Es gibt eine neue Form des Kollektivs. Du wirst sehen, bald werden Revolutionen über das Internet organisiert und Minister wegen ihm entlassen. Da passiert etwas, da bricht etwas um, und wir sind mittendrin."

IV

Ich schreibe dies auf und es klingt wie ein Omen.

An meinem 40. Geburtstag ließen wir die Welt in unser Leben, und heute denke ich, wir waren darauf nicht vorbereitet. Er und ich, wir hatten gelernt, ohne sie auszukommen, bestenfalls neben ihr her zu leben, aber sie hatte keinen Einfluss auf uns. Und als sie ihren Einfluss zurückgewann, da erwischte es uns kalt.

Während unserer letzten Jahre hatte ich nicht an mich gedacht, sondern an meine Kinder. Ich hatte ständig diese Bilder im Kopf. Ein kleiner Po setzt sich auf meinen Schoß, damit ich noch einmal vorlese, wie der Kater Findus den Hecht fängt oder wie der kleine Hase abends müde wird. Die kurzen Finger, deren Nägel ich schneide, und die durchgebissene Lippe meines Sohnes, als er mit drei vom Fahrrad fiel. Das ganze Gesicht voller Blut, das nicht aufhören wollte zu fließen. Und das Schreien, das zu einem Wimmern wurde.

Es gab eine Zeit, da habe ich nur Bücher gelesen, die vom Ich handelten. Hermann Hesses „Siddhartha" und „Steppenwolf", Max Frischs „Stiller" und „Gantenbein", „Der Fänger im Roggen". Bis ich meinen Mann kennenlernte. Er ersetzte diese Literatur völlig. Was ich von ihm lernte und was ich bis heute an ihm liebe, ist diese persönliche Färbung, die er allem gibt, das ständige Querdenken, die unablässige Spiegelung der Welt in sich selbst. Es wurde schier unerträglich, Bücher, die vom Ich handelten und das Loblied der Subjektivität sangen, neben diesem starken, pulsierenden Ego auszuhalten. Ich schwenkte um auf die großen gesellschaftlichen Romane, die ganz dicken wie „Simplicissimus Teutsch“, „Doktor Faustus“, „Die Ästhetik des Widerstands“.

Ich las sie interessiert. Aber es war nicht dasselbe wie früher. Ich las sie technisch, ich las sie beruflich. Also machte ich Lesen zu meinem Beruf. Mengen an Literatur arbeitete ich durch – das ist das richtige Wort. Ich „arbeite“ Bücher, lese sie nicht wirklich, nicht so wie ich las, als ich Literatur zu studieren begonnen hatte. Ich las objektiv. Ich gewöhnte mich daran, auch wenn es irgendwie traurig war, jeden Roman auf seine Struktur und Machart zu überprüfen. Diese Trauer ist der Grundakkord meines Berufs. Dadurch gab es immer diese Spur, die ins Gestern zurückführt. Immer gab es die Melancholie, so zu lesen wie früher.

Als ich mit meinem Mann spazieren ging, da dachte ich, jetzt wäre es wieder so weit. Aber das war ein Fehler.

Ich rief Tanya an, nachdem wir wieder zu Hause waren.

„Danke für die Perücke!“

Sie sang für mich Happy Birthday.

„Ich weiß nur nicht, was ich damit machen soll“, sagte ich.

„Geh mit mir heute Abend ins Konzert.“

„Gern.“

„Mit der Perücke."

„Warum das denn?"

„Damit du weißt, wozu sie da ist!"

„Was für ein Konzert?"

„Um halb zehn am Schwimmbad."

Unten fiel krachend die Haustür ins Schloss. Ich erkannte am Bollern des Rucksacks, dass mein ältester Sohn da war. Die Stimme meines Mannes glättete die Geräusche. Dann war mir, als ob ich ein Schluchzen hörte. Ich legte auf und fand in der Diele auf dem Fußboden drei Männer, einen großen, der die beiden kleineren im Arm hielt. Der Jüngere sah auf. Sein Gesicht war rot von der Kälte. Der Ältere hielt ein Kühlkissen an sein Ohr. Klumpen Eis lagen überall verstreut. Eine Pietà aus Schmerz und Schnee.

„Die haben gesagt, ich bin ein Opfer!", weinte der Kleine.

„Mein Ohrläppchen ist angerissen", sagte der Ältere.

Aus Empörung und Weinen setzte ich die Geschichte zusammen. Drei ältere Jungen, die in der Sprache meiner Kinder wohl Assis hießen, hatten es auf meinen Jüngsten abgesehen, ihm aufgelauert, ihn mit Schnee gewaschen. Sie hatten gebrüllt: „Wir kriegen dich!" und „Du kommst nie wieder nach Hause!", und sie hatten ihn bis in die Stadt gejagt. Dort waren sie seinem älteren Bruder begegnet, der den kleineren beschützt und die drei anderen buchstäblich in die Flucht geschlagen hatte. Er hatte sich geprügelt. Zum ersten Mal in seinem Leben.

„Ich hab dem einen in die Eier getreten und dem anderen voll auf die Fresse gehauen!"

Ich war überrascht, dass er zu so etwas fähig war. Er war es nicht minder. Er spielte Handball und war ein athletischer Kerl, aber kein Schläger. Ich meine, immerhin war er mein Sohn und ich hatte versucht, ihm beizubringen, Konflikte mit Worten zu lösen, nicht mit Fäusten. Was Mütter eben versuchen.

„Das hast du großartig gemacht!", flüsterte mein Mann ihm ins Ohr. Aber so laut, dass ich es hören konnte.

„Und das Ohrläppchen?", fragte ich und fixierte meinen Mann zweifelnd.

„Das wächst schon wieder an", sagte er.

*

Das Schwimmbad ist die zu einem Veranstaltungszentrum umfunktionierte Eingangshalle einer ehemaligen Badeanstalt, die vor Jahren stillgelegt worden war und vor sich hin rottet. Ich glaube, ich war das letzte Mal dort, als man noch baden konnte. Ungefähr genauso lange ist es her, dass ich um halb zehn zu einem Konzert gegangen bin. Mein Mann blieb zu Hause. Die Kinder waren kaputt von Sport und Schule, heilten die Wunden des Tages im Schlaf, und als ich ging, lag das Haus friedlich und ruhig da. Ich konnte nicht anders, als mein Leben in großen Worten zu denken, und zog die Tür hinter mir zu.

Ich hatte mich geschminkt, Lidschatten und Lippenstift, nicht aufgedonnert, aber doch mehr als sonst. Ich trug Stiefel mit zwar breitem, aber hohem Absatz, mit jedem Schritt rutschte ich im Schnee. Unter dem Mantel trug ich zur Jeans eine kurze Lederjacke, kürzer noch als jede Jacke, die mein Mann früher besaß. Darunter einen schwarzen Rollkragenpullover. Die Perücke hatte ich mir unter die Lederjacke geklemmt. Sie aufzusetzen, im Haus und im Beisein meines Mannes und meiner Kinder, das hatte ich mich nicht getraut. Und jetzt dachte ich darüber nach, was daran so viel Mut erfordert hätte.

Ich sortierte Zitate, die sagten, dass das Ich eine andere ist oder das Selbst eine Maskerade. Dass man sich selbst nur im Widerschein von Worten wahrnimmt, das stellt das Ich infrage. Ein Mensch ist dann wenig mehr als die Quersumme von verschiedenen Meinungen. Und welche Meinung er sich aussucht, ist völlig zufällig.

Ich öffnete den Mantel, und sofort fielen mich die frostigen minus zehn Grad an, die dieser Wintertag jetzt hatte. Überall, im Radio, in den Zeitungen, im Fernsehen, wurde von ausgefallenen Flügen, vereisten ICE und dem Mangel an Streusalz berichtet. Wie hatten die Menschen nur gelebt, bevor das Streusalz erfunden wurde? Eine lächerliche Weltuntergangsstimmung hatte Deutschland erfasst.

Mit offenem Mantel allerdings war es echt kalt. Ich schüttelte die Perücke kopfüber, ließ die Haare nach unten baumeln und setzte sie mir mit Schwung auf. Wieder das Badekappengefühl einer Haut über meinem Schädel, dann die blonden Haare in meinen Augen. Ich wischte sie weg und machte den Mantel zu.

Der Weg vom Friseur nach Hause, wenn man das Gefühl hat, alle müssten einen anstarren, weil man so verändert aussieht, ist nichts dagegen, zum ersten Mal mit einer falschen Haarpracht durch die Straßen zu laufen.

Zu dieser Stunde und bei dem kalten, bissigen Wind war die Stadt zwar wie leergefegt. Und dennoch schien es mir, als wären überall Augen.

Nur ein paar Raucher standen dicht gedrängt vor dem Schwimmbad. Kein Abend für laue Gespräche im Freien. Der Tabakgeruch schien in der Kälte abgeschwächt. Ich zwängte mich durch die Leute. Es waren nur Männer, und alle schauten zu mir her. Vielleicht wollte ich auch, dass sie zu mir schauten. Einer trat absichtlich einen halben Schritt zurück, sodass ich gegen ihn prallte. Er drehte sich um und grinste eine Entschuldigung. Ich schüttelte meine blonden Haare.

Tanya sah ich nicht. Der Saal war halb voll. Die meisten waren junge Leute. Vier Mädchen standen am Tresen. Ich war mir sicher, dass sie bei mir im Seminar über die Literatur der Romantik saßen. Ich winkte der Gruppe zu, als sich eine von ihnen zu mir umdrehte. Sie nickte zurück, runzelte aber die Stirn und wusste offensichtlich nicht, was ich von ihr wollte. Ich suchte nach Tanya.

Eine von zwei Wahrheiten über sie ist, dass sie nicht zuverlässig ist. Wenn ich bei ihr eingeladen war, dann konnte es passieren, dass sie mir im Treppenhaus erstaunt entgegenkam und sagte, sie habe einen Termin beim Zahnarzt. Wenn wir beide ein Wochenende an der Nordsee verbringen wollten, dann hatte sie sich plötzlich frisch verliebt, und wenn sie sich frisch verliebt hatte, dann gleichzeitig in zwei Männer, sodass keiner wusste, woran er war.

„Ich hab dich erst nicht erkannt …“ Tanya legte mir eine Hand auf die Schulter.

„Herzlichen Glückwunsch zum Geburtstag!" Sie gab mir einen Kuss auf den Mund.

„Wie fühlst du dich?"

Applaus brandete auf. Die Band war den Tiefen des Schwimmbeckens entstiegen und ging zur Bühne. Dann wurden die Scheinwerfer zu meinen Geburtstagslichtern, und um mich herum fingen die Leute an zu hüpfen, während ein schwerer Bass den Herzschlag simulierte. Ich war dabei und beobachtete mich, wie ich dabei war, im Herzschlag zu nicken; eingeklemmt zwischen schwitzenden Rücken, die eher so alt waren wie mein Sohn. Das war zunächst merkwürdig, dann aber großartig. Allerdings staute sich unter der Perücke die Wärme, der Schweiß begann zu jucken und das Netz fühlte sich an, als bestünde es aus lebenden Larven.

Nach dem siebten oder achten Song brach ich aus dem Block des Publikums aus und eilte in Richtung Damentoilette. Ich stürzte auf die Kabinentür zu und wollte mir meine falschen Haare vom Kopf reißen. Aber ich war nicht allein. Im Spiegel wartete eine fremde Frau auf mich, blond, verschmitzt, frech. Ich starrte mich an und sah durch mich hindurch. Ich war ein anderer Mensch. Es fühlte sich nicht so an, aber es war unverkennbar. Die Frau im Spiegel hatte nicht nur längere und blonde Haare, sie hatte ein anderes Wesen. Das ist es, was die Perücke aus mir machte – sie machte mich nicht zu einer anderen, sie machte mich zu mir selbst. Es ist schwierig, das zu erklären. Aber was an Träumen vergangen war, was an Möglichkeiten ausgeschlagen worden war, all die Pfade, die ich nicht eingeschlagen hatte, sie waren plötzlich wieder da. Und wie in dieser sprichwörtlichen Todessekunde, in der das Leben an einem vorbeirauscht, fielen mir die Namen meiner ersten Freunde ein, die Pläne, mit dem Fahrrad von Nord- nach Südafrika zu fahren, die Berufe, die mich mehr interessiert hätten, als ein Leben lang zu lesen und über Bücher zu reden. Geigenbauerin wäre ich zum Beispiel gern geworden. Dann hätte ich allerdings weder meinen Mann noch meine Kinder. Die Kinder – wie aus einem Zufall so etwas Großes wie ein neues Leben entsteht. Dies infrage zu stellen, ohne es wirklich fraglich zu finden, vor einem fleckigen Spiegel im Schwarzlicht, das war ich an diesem Abend.

Die Tür zum Konzertraum schwang auf. Tanya.

„Es ist Mitternacht. Dein Geburtstag ist vorbei. Du kannst die Perücke jetzt abnehmen“, sagte sie und grinste.

V

Ich zog meine Stiefel vor der Haustür aus, um keinen Schnee mit hineinzuschleppen. Der anfängliche Schmerz in den Fußsohlen verging in dem Maße, in dem die Gefühllosigkeit einsetzte. Ich ging hinein, trank ein Glas Wasser und stakte die Treppe hinauf. Meine Haut zog sich zusammen. Ich verstaute die Perücke hinter dem Rucksack mit den Badesachen.

Aus den Zimmern der Jungs atmete es. Ich verzichtete auf das Zähneputzen und kroch zu meinem Mann ins Bett. Er lag auf dem Rücken, die Hände auf der Brust gefaltet, wie die Abbildung eines Kreuzritters auf seiner Grabplatte. Zwanzig Jahre gemeinsames Schlafen, dachte ich und versuchte, ihn nicht mit den Füßen zu berühren. Er drehte sich zu mir, ich wölbte den Rücken und schmiegte mich in die Beuge, die sein Körper machte.

Ich lag wach und sammelte Momente der Gemeinsamkeit. Das Leben am Meer, als wir noch frei waren. Das Licht dieser Tage, das Salz der Nordsee und der Wind auf der Haut. Erinnerungen, die Kindheit sind. Das ewige Geräusch der Brandung, das die langen, stürmischen Spaziergänge begleitete, die langen, hellen

Abende, Rum, den wir unverdünnt aus großen Wassergläsern tranken. Dann die Strandtage mit den Kindern, an denen die Brandung uns übereinanderkugelte, eine stürzende Familienaufstellung, Badehosen, die in die Poritzen geschoben wurden, und das ablaufende Wasser, das uns den Boden unter unseren Füßen wegzog. Wir rappelten uns auf, standen, wurden von der nächsten Welle umgeworfen und merkten nicht, wie unsere Körper auskühlten. Später wickelten wir uns wie Mumien in riesige orange Handtücher. Darauf zu warten, wie einen die Wärme wieder durchdringt, wie sich die Haut wieder dehnt, die Augen vor dem endlos hellen, blauen Himmel geschlossen zu halten und hinter den Lidern das Rot des eigenen Blutes zu betrachten, Kindergeschrei und den Wind im Ohr, alles Leben versammelt in den kleinen, unterkühlten, zusammengezogenen Körpern, das ist meine Erinnerung an die Kindheit meiner Kinder. Diese norddeutschen Sommer, dieses friesische Glück.

Die Jungs und ich und mein Mann, wir liefen durch die Heide und hörten auf das Summen der Mücken und Fliegen. Hinter einem Schilfgürtel lagen die Dünen, deren Sand so feinkörnig war, dass er einem selbst durch die geschlossenen Finger rann. Hier tauchte man ein, war man außer Sicht, ohne wirklich weg zu sein. Hinter den Dünen lag der breite, riesige Strand. Selten war es hier windstill, aber wenn, dann war die Nordsee eine große Badewanne. Ich lag im Sand, während mein Mann ein paar Meter weiter im Wasser stand und die Jungs zu ihm hin und wieder zurück schwimmen sollten. Er ging es geschickt an. Der erste Schritt war, sich von seinen

Oberschenkeln abzustoßen und zu gleiten. Dann sollte jeder drei Züge machen und dann sechs, und irgendwann konnten sie einfach immer weitermachen. Als wir am Ende des Tages Eis aßen, waren meine Jungs bedingungslos glücklich.

„Schläfst du?“

„Wie war das Konzert?“

„Laut.“

„Und Tanya?“

„Da.“

„Du willst nicht reden?“

Ich antwortete nicht. Mit der Erfahrung, die nur ein geteiltes Leben bringt, wusste ich, wie ich ihn aus dem Schlaf herüberziehen konnte. So viel Vertrautheit machte hemmungslos. Und große Intimität mutig. Rücksicht dagegen war der Anfang jeder gescheiterten Beziehung. Sie setzte ein Perpetuum mobile aus Unausgesprochenem und Missverständnissen in Gang. Rücksichtslos also endete mein Geburtstag. Innig und maßlos zugleich.

VI

Auf die Frage, ob ich mein Leben noch einmal genau so leben würde, ich hätte mit ja geantwortet. Und doch war da das andere Ich, das Ich, das ich im Spiegel gesehen hatte. Es raunte unablässig, dass es hätte anders kommen können. Ich in einem anderen Bett, in einem anderen Land, mit anderen Träumen. Und dabei hatte ich doch nur mein eines Leben.

Es lag an dem fremden Bild, das ich von mir gesehen hatte. Worte hätten das nicht geschafft. Es gab überhaupt nie die richtigen Worte für etwas. Das ist es, was ich Studierenden beizubringen versuche.

Ich hatte Literaturwissenschaft studiert wie irgendwie jeder, außerdem Psychologie, wo die Leute schon versponnener waren, und Philosophie. Meine erste Vorlesung besuchte ich bei einem der letzten noch lehrenden Heidegger-Schüler, einem alten Herrn mit Krawattennadel und Weste, der sich weigerte, mit der Schreibmaschine zu arbeiten, und der seine Vorlesungen auf winzigen Zetteln in einer mikroskopisch kleinen Schrift notiert hatte. Er erinnerte mich an meinen Vater, und deshalb blieb ich. Wenn er mit geschlossenen Augen vor dem Auditorium auf und ab schritt und abwechselnd auf Altgriechisch oder Latein zitierte, wirkte das wie ein Selbstgespräch. Er schaute jedoch immer wieder auf und fragte nach, ob seine Argumente verstanden worden waren. Nur ich aber versank in Gedanken, oder genauer: im Vordenklichen. So fühlte es sich an, zu sein.

Später belegte ich Wittgenstein, ohne zu ahnen, worauf ich mich damit einließ. Ich musste Frege lesen und Carnaps Zeitanalysen. Heideggers Gedankenpfade waren verschlungen, Frege und Wittgenstein waren einfach nur schwierig, sauschwierig. Sogar jetzt noch, im Schwebezustand zwischen Tagesende und Schlaf, im postkoitalen Glühen, war die Enttäuschung präsent, die sich eingestellt hatte, nachdem ich stundenlang am Schreibtisch die „Grundgesetze der Arithmetik" langsam und Wort für Wort gelesen und mir die wichtigsten Argumente abgeschrieben und nichts, rein gar nichts kapiert hatte. Nach acht Stunden der höchsten Konzentration, zu der ich fähig war und je fähig sein würde, konnte ich noch nicht einmal sagen, worum es überhaupt ging in diesem zweibändigen Buch, das seitdem in meinem Arbeitszimmer steht, neben den „Logischen Untersuchungen" und „Sein und Zeit". Deshalb, eigentlich nur deshalb, weil ich eine Ausrede suchte, die Habilitation nicht fertig zu schreiben, hatte ich nicht abgetrieben.

*

Fünfeinhalb Jahre war ich zu diesem Zeitpunkt mit dem jungen Mann zusammen gewesen, der später mein Mann werden sollte. Von Anfang an war er der Selbstdarsteller, als den man ihn heute kennt.

Ich sah ihn zum ersten Mal bei einer Veranstaltung während meines Studiums. Er hatte zu einer Lesung eigener Gedichte in die Alte Universität eingeladen, und zu meiner Überraschung war der Saal nicht nur gut gefüllt, sondern die Leute quetschten sich sogar entlang der Wände. Erst beim Hinausgehen erfuhr ich, dass er zwei Tage zuvor einen der renommiertesten Literaturpreise des Landes gewonnen und ein großer Verlag ihn unter Vertrag genommen hatte. An diesem Abend aber lagen seine Gedichte als kopierte, einmal gefaltete und ineinandergeschobene Zettel auf einem Tisch neben dem Ausgang und waren für zwei Mark käuflich zu erwerben. Das Geld sollte man in einen bauchigen, rosa Porzellankarpfen stecken, was niemand kontrollierte, aber der Karpfen war angekettet. Ich blätterte eines der Hefte durch, kaufte es aber nicht. Im Grunde kapierte ich nicht, wieso das Gedichte sein sollten. Weder reimten sie sich, noch war die Sprache sonderlich schön. Sie handelten nicht von Liebe oder anderen real existierenden Problemen, sondern beschrieben Gegenstände. Und immer Gegenstände des Arbeitsalltags: Schraubstock, Lötkolben, Rührgerät, rosa Karpfen. Das waren auch ihre Titel. Später erzählte er mir, dass er genau deshalb den Preis erhalten hatte, weil er die Arbeitswelt lyrisch erschloss und zeigte, wie die Dinge den Menschen umgeben.

Mein Mann, beziehungsweise der, der es werden sollte, bestieg die kleine Bühne, knipste eine Leselampe an und begann ohne Begrüßung vorzulesen. Eine irgendwie ausgezehrte Person, unrasiert, in Lederjacke mit dünnem Schlips. Er las aus einem der Hefte vor, die am Ausgang verkauft wurden. Im Grunde sah er unmöglich aus, aber er las phantastisch, seine Stimme war tief, er artikulierte ruhig, er betonte eigenwillig, zerhackte die Zeilen und ließ so jedem Wort seine eigene Bedeutung. Was gedruckt eher albern schien, zum Beispiel die Wendung, dass sich die Rührmaschine auf die Hand freut, die sie in Schwingung setzt, wurde während er sprach schlüssig, beinahe poetisch.

Mein Mann war eitel, eitel in einer Weise, die mich beeindruckte. Ein ganz und gar durchschnittlicher Typ machte das, was er machte, mit einer Inbrunst, die ihn von den anderen abhob.

Und je mehr er beim Publikum ankam, desto besser wurde er. Man konnte zusehen, wie seine Selbstsicherheit sich entwickelte, sie ihm zugesprochen wurde. Bis heute macht er es so, der Showmaster im doppelten Sinn. Er versuchte mir beizubringen, wie man über Frege redet, ohne ihn verstanden zu haben, wie man Antworten gibt, bei denen es egal ist, ob sie stimmen oder nicht, aber die dadurch, dass sie gegeben werden, Teil der Lösung sind.

Ich drängelte mich zurück zum Ausgang und warf zwei Mark in den Karpfen. Am Ende der Lesung reihte ich mich in die Schlange und wartete, bis ich dran war und ihm mein Heft zum Signieren hinschieben konnte. Er blickte nicht auf, sonst hätte er gesehen, dass ich mein Haar offen trug, leicht geschminkt war, ein schmales Tuch um den Hals gebunden hatte und einen enganliegenden blauen Pullover trug. Ich sagte: „Deine Texte sind die beste Interpretation der Heideggerschen Zuhandenheit, die ich je gehört habe." Jetzt sah er auf. Ich war überrascht, dass ich das gesagt hatte.

„Danke“, sagte er. „Ich dachte eher an die Adornosche Diskussion der Idiosynkrasie.“ Von Adorno hatte ich keine Ahnung, und was Idiosynkrasie bedeutete, konnte ich nur raten. In meinen Seminaren über Frege und Wittgenstein war Adorno immer nur als Essayist belächelt worden, und der letzte lehrende Heidegger-Schüler hatte die Frankfurter Schule noch nicht einmal zur Kenntnis genommen. Aber mein Mann schaute mich an, und ohne nachzudenken antwortete ich, dass Adorno und Heidegger wohl entgegen des weltanschaulichen Kampfes zwischen den Schulen mehr Gemeinsamkeiten hätten, als gemeinhin angenommen werde. „Beide wollen die Welt vor der Verfügbarkeit bewahren“, sagte ich.

Er nickte. Dann nahm er sich das Heft der Frau hinter mir und unterschrieb mit großem Schwung.

Ich blieb einfach stehen.

„Treffen wir uns gleich, wenn ich hier fertig bin?“ Er machte mit dem Kopf einen Schlenker, der den Saal und die Schlange vor seinem Pult einschloss.

„Ich warte am Springbrunnen.“

Lange musste ich nicht warten, denn er kam nur wenige Minuten, nachdem ich mich auf die Brunnenstufen vor der Kirche gesetzt, den Kopf in den Nacken gelegt und die angestrahlten Türme vor dem Himmel entlangziehen gesehen hatte. Wie die Quirle einer Rührmaschine.

„Hallo, Frau Heidegger“, sagte er und streifte mir über die Schulter.

„Wie Uhrzeiger, und der Himmel ist ein riesiges Ziffernblatt“, sagte ich. Er zitierte mich damit in seinem nächsten Gedicht, einem Liebesgedicht, das aber nie veröffentlicht wurde. Denn der Verlag lehnte sein zweites Manuskript ohne weitere Begründung ab. Ich nehme das persönlich. Bis heute.

Die Uhr im Himmel, das waren meine Worte. Und insgeheim gab ich mir die Schuld dafür, dass er kein Poet wurde, sondern Moderator. Vielleicht gab es nur ein begrenzt verfügbares Quantum Kraft und Erfolg. Mein Mann zog es aus dem Publikum. Und ich nahm es ihm wieder ab. Glück schien nicht beliebig verlängerbar. Er hörte auf zu schreiben und bewarb sich als Redakteur beim Norddeutschen Rundfunk.

Das alles lag in dieser Nacht noch vor uns, und nun, in der Wärme seines Körpers, fragte ich mich, ob mein Mann mit mir geschlafen hätte, wenn er gewusst hätte, dass er damit seine literarische Karriere aufgab.

So aber wanderten wir in jener Nacht aus der Stadt hinaus, und als er mir erneut über die Schulter strich, drehte ich mich in seinen Arm und küsste ihn. Wir gingen an einem Spielplatz vorbei und krochen in ein Kinderblockhaus. Als er auf den Knien vor mir saß, zog ich den Pullover aus. Er starrte mich an, als wäre ich ein Ding in einem Gedicht, und dann fuhr er mit den Fingerspitzen die helle Haut meines Busens ab. Während wir miteinander schliefen, sah ich die Sterne durch ein Astloch im Bretterdach. Das Ziffernblatt des Himmels.

VII

Der Tag nach meinem Geburtstag begann mit einem Familienfrühstück und der Ankündigung meines Mannes, dass er sich mit dem Soldaten aus Afghanistan treffen wolle.

„Du willst ihn in deine Show einladen?“

Der Voyeurismus seines Senders war grenzenlos. Und da er nicht sofort etwas sagte, wusste ich, wie die Antwort lautete.

„Es geht nicht um meinen Sender. Es geht um Transparenz und Demokratie. Und es geht um die Soldaten in Afghanistan, die im guten Glauben dorthin gehen, Brunnen zu buddeln und Krankenhäuser aufzubauen, während sie Teil einer kollateralen Kriegsführung sind. Was du Voyeurismus nennst, ist die verschwiegene Schattenseite der Demokratie in Deutschland am Anfang des dritten Jahrtausends.“

Wenn ich bisher noch keine Meinung zu den Wikileaks-Veröffentlichungen hatte, nun war sie da. Denn Demokratie hin und Einschaltquoten her, die Wahrheit war, dass eine Allgemeinheit, der es in Wahrheit scheißegal war, wo warum wann gestorben wurde, ihren Hunger nach neuen Geschichten stillen wollte. Und alle armen Tölpel, die über Wikileaks geheime Dokumente veröffentlichten, tapsten in die Fallen, die die Medien ihnen hingestellt hatten.

„Er ist ein ranghoher Offizier. Er will in meine Show."

„Oder willst du in seine Show und eine Live-Schaltung aus dem Krisengebiet machen?"

„Tatsächlich war er im Begleitchor der Guttenbergs, als sie mit Johannes in Afghanistan waren. Vielleicht ist er auf den Geschmack gekommen ... Aber was ist daran so schlimm?"

Die Guttenbergs konnte ich nicht leiden. Johannes Kerner konnte ich nicht leiden. Alles an ihnen wirkte aufgesetzt und unecht.

„Nichts ist schlimm. Es ist nur nicht klar, ob erst das Leck da war im Informationssystem oder der Voyeur, der hindurchsehen wollte."

„Da hast du recht. Aber es ist der Streit um Henne oder Ei. Und wenn du mir Vorwürfe machen willst, dass meinesgleichen, wie du wohl sagen würdest, Leute animieren, Informationen zu verkaufen, dann hast du vielleicht auch recht. Ich teile nur nicht deine Radikalität und Arroganz, dass alles, was etwas kostet, böse ist."

Er trank seinen Kaffee aus, stellte die Tasse in den Geschirrspüler und schob die Klappe mit dem Fuß nach oben.

„Was wäre, wenn irgendein Mitarbeiter alle SMS veröffentlichen würde, die während eurer Redaktionssitzungen geschrieben werden?"

„Das wäre extrem peinlich", sagte er. „Trotzdem. Ich würde versuchen, eine Geschichte daraus zu machen."

Dann Guter-Ehemann-Stirnkuss, und ich war allein.

*

In der Mitte der Küche stand ein gemauerter Tresen, der etwas höher als ein üblicher Esstisch war. Wenn man eine lässige Körperhaltung einnahm, konnte man sich bequem mit dem Ellenbogen darauf abstützen. Es war meine Idee gewesen, diesen Tisch zu bauen. Mir war klar, dass bald auch die Kinder morgens nur noch einen Milchkaffee trinken und sich nicht mehr hinsetzen würden, um Haferflocken zu futtern. Stattdessen würden sie von ihrem Vater den Sportteil der Zeitung abstauben und seine politischen Kommentare mit Augenrollen begleiten. Deshalb hatte ich die sitzende Tischanordnung aufgehoben, um die Küche zu einem Ort des Durchgangs zu machen.

„Radikalität", hatte er gesagt. „Radikal" war schon lange kein Wort mehr, das ich mit Stolz benutzte. Früher war ich eine radikale Anhängerin von diesem und jenem gewesen. Ich war für die radikalsten Lösungen, ich wollte Freiheit radikal leben, demonstrierte Solidarität und setzte mich für andere Radikale ein.

„Kritisch" war vielleicht das treffendere Wort. War ich kritisch? Konnte man überhaupt kritisch sein, wenn man zufrieden war? Denn zufrieden war ich. Oder genauer: Ich hätte zufrieden sein können.

Zufrieden, das klang irgendwie nach gedecktem Kaffeetisch im Garten, nach Herbstblumen, warmer Erde, nach selbstgezogenen Tomaten und sanftem Wind. So fühlte sich das Wort an, als säße ich an einer gedeckten Tafel unter dem Apfelbaum. Die Kaffeetafel war jedoch nur für mich gedeckt, und ich sah keine anderen Menschen um sie herum. In Werbefilmen spielen Enkel um die Beine der Großmutter, der Mann bringt ein Blumenbouquet, Freunde edle Pralinenmischungen. All das fehlte. Ich war auf eine ganz andere Art allein. Zufriedenheit ist die Wärme einer Kaffeetasse, während es draußen wieder anfängt zu schneien.

Die Zeitung lag achtlos zusammengefaltet zwischen drei benutzten Kaffeeschalen. Neben der Spüle stapelten sich in einem handgeflochtenen Korb aus dem Spreewald, den ich von einem Wochenendurlaub mitgebracht hatte, Artischocken, Chicorée und Honigmelonen. Auf dem Herd die italienische Espressomaschine, Brot und Schokocroissants auf der Anrichte. Mein Mann würde sie heute Abend essen, falls er nach Hause kam. Wenn er arbeitete oder in Sitzungen war, hungerte ihn der Tag förmlich aus. Er sagte, er vergesse das Essen, es mache ihm keinen Spaß mit anderen Leuten, er wolle lieber zu Hause essen. Aber ich wusste es besser. Er zwang sich, nichts zu essen, damit er nachts bei uns die Reste vertilgen konnte, ohne sich am Morgen allzu sehr darüber ärgern zu müssen, dass er es sich nicht verkniffen hatte.

So hat er es immer gemacht. Ewige Sublimation, um im entscheidenden Moment maßlos zu sein.

Die Wärme der Kaffeetasse drang in meine Handflächen, ich roch den würzigen Duft. Es war ein schwerer Kaffee, den ich in einem Schokoladenladen entdeckt hatte, ein kleiner Raum voller Kistchen und einzeln verpackter Trüffel. Rot und Gold waren die vorherrschenden Farben. Der Kaffee war schwarz eingepackt und fiel deshalb auf. Er kam aus Kuba und hatte so viel Koffein, dass er unter das Betäubungsmittelgesetz gestellt gehörte. Aber er betäubte nicht. Allein der Dampf aus der Tasse öffnete einem die Augen.

Die Küche war der Spiegel des Ideals, das ich vom Leben hatte. Die anderen Räume, das Wohnzimmer und der lange Flur waren mit uns erwachsen und bürgerlich geworden. Es gab ein cremefarbenes Sofa und ein Kaminbesteck neben dem nach zwei Seiten hin offenen Kamin. Die Bilder an der Wand waren Gemälde und der breite Tisch im Wohnzimmer tatsächlich so alt wie er aussah.

Als mein Mann begann, diese Talkshow zu moderieren, leisteten wir uns eine Putzfrau. Ich fand es nicht ehrenrührig, meine Zeit für die Dinge zu nutzen, die ich am besten konnte, und das war nicht Fensterputzen. Die Küche aber blieb das unaufgeräumte, spontane, irgendwie alternative Herz unseres Zuhauses. Hier trafen wir uns abends zu einem letzten Whisky, hier besprachen wir morgens die Termine des Tages, hier wurden Diktate geübt und die Mädchen, die die Jungs anschleppten, wurden hier gemustert. Hier stritten wir uns und liebten uns und redeten über uns. Und manchmal endeten diese Gespräche mit dem unguten Gefühl, man hätte sie besser nicht begonnen.

Ich hatte einen Zettel angelegt, was alles zu tun war. Die Marotte der Wissenschaftlerin. Ob ich meinen Tag plante oder einen Aufsatz, ich musste wissen, wie er endete.

Unangenehme Anrufe erledigte ich zuerst. Unangenehm waren gemeinhin Zahnarzttermine für die Kinder und die Buchhaltung für die Uni, weil eine Fahrtkostenabrechnung nicht stimmte. Aber heute musste ich Tanya anrufen, die gestern Abend plötzlich verschwunden war und mich hatte stehen lassen.

Plötzlich schmeckte der Kaffee nicht mehr. Er war kalt geworden. Ich trank widerwillig die letzten bitteren Schlucke und stellte die Tasse auf das Fensterbrett.

Unser Kater kam aus dem Schnee gesprungen, maunzte, als er durch die Katzenluke stieß, schlich mir kurz mit nassem Fell um die Beine und hüpfte auf die Fensterbank. Den Schwanz legte er auf der Heizung ab. Ich hatte mich an ihn gewöhnt. Nachdem ich ihm mit ein paar harten Knüffen beigebracht hatte, nicht auf dem hellen Sofa zu liegen und seine kurzen, schwarzen Katzenhaare auf dem blassen Stoff zu verstreuen, kamen wir ganz gut miteinander aus.

Tanya hatte mich gefragt, ob ich mir die Schamhaare rasierte. Ich habe nur gelacht. Aber sie sagte, das sei ein totales Muss. Und seitdem denke ich darüber nach. Nicht ständig, aber immer, wenn ich mich nackt sehe, vergleiche ich mich unwillkürlich mit Tanya. Vergleichen gehört zu unserer Freundschaft. Ich weiß nicht, ob sie eifersüchtig auf mein Leben ist, auf die bürgerliche Idylle, die Kinder, den Mann, den Alltag. Ich bin nicht eifersüchtig auf ihres. Auf ihre Liebschaften, ihre Kinderlosigkeit, ihr Chaos. Aber das liegt daran, dass „eifersüchtig" so wenig das richtige Wort ist wie „radikal" oder „kreativ".

Tanya hatte entweder keinen oder verschiedene Männer. Im letzten Urlaub hat sie Surfen gelernt. „Am Tag auf dem Brett und abends auf dem Surflehrer" – ihre Worte. Sie experimentierte mit ihrer Kleidung, trug Jeans mit Schlag, obwohl die Siebziger erst Jahre später wieder in Mode kamen. Außerdem hatte sie sich tätowieren lassen, einen Schmetterling auf die linke Hüfte. Ich weiß nicht, ob sie abends manchmal alleine ist und sich deprimiert die große Sinnfrage stellt, aber ich weiß, dass ich sie nicht beneide. Auf eine böse Art bin ich allerdings fasziniert.

VIII

Der Schnee machte es unmöglich zu joggen. Das heißt unmöglich machte er es nicht, aber extrem beschwerlich. So hielt ich auf dem Rückweg von der Uni vor einem Fitness-Studio und begann einen Lauf gegen die Maschine.

Seit ein paar Jahren merke ich, dass mein Körper mit meinem gefühlten Alter nicht Schritt hält. Deshalb zwinge ich mich dazu, regelmäßig Sport zu treiben. Ich brauche auch nicht mehr so viel zu essen wie früher, und der Alkohol geht direkt in die Fettschicht. Auf dem Bildschirm über mir lief ein Video von Empire of the Sun, das einfach nur peinlich war, aber zu dem man sich gut bewegen konnte, und Whams „Last Christmas“, das noch peinlicher war, weil es mich an mich erinnerte. Neben mir waren die Apparate frei. Etwa zwanzig Laufbänder und ebenso viele Räder gab es, aber außer mir quälte sich nur noch ein Mann gegen die Anzeigen. Er hatte lange schwarze Koteletten und einen Drei-Tage-Bart. Um den Hals hatte er ein Handtuch gelegt. Es dauerte etwas, bis ich wusste, woher ich ihn kannte. Es war der Mann, der mich vor dem Schwimmbad absichtlich angerempelt hatte. Mich, die nicht ich war. Er konnte mich nicht wiedererkennen. Dass er mich aber so gar nicht beachtete, nervte mich. Als er nach einer Dreiviertelstunde von seinem Band sprang, um sich Wasser aus einem Spender in der Ecke zu holen, ging ich ebenfalls hin. Der Schweißfleck auf seinem Rücken sah aus wie die arabische Halbinsel. Er drehte sich um und stieß seine Wasserhand gegen meinen ausgestreckten Arm. Wir entschuldigten uns gegenseitig. Das war's. Keine verlegene Pause, bevor das Gespräch wieder einsetzt, kein Augenzwinkern, kein Interesse. Er trank den Becher aus und ging, und ich zog mir mein Wasser und ärgerte mich, dass ich mir das angetan hatte.

Bevor ich wieder auf das Band stieg, checkte ich mein Handy und las eine SMS von Tanya. Nach zehn Minuten standen wir nebeneinander auf dem Laufband.

Ich schaute nicht zu ihr hinüber. Ich rannte gegen einen digitalen Berg an.

„Ist irgendwas?", fragte sie.

Ich dachte an ihre Tätowierung auf der Hüfte. „Was soll sein?"

„Keine Ahnung. Vielleicht bist du sauer auf mich?"

„Weshalb sollte ich?"

Ich konnte nicht mehr. Die Bewegung war so monoton, dass es hätte leicht sein müssen, einfach immer weiterzumachen. Aber so war es nicht. Ich hatte keine Kraft mehr. Meine Beine zitterten und waren doch bleischwer. Ich zog mein Sweatshirt zum Gesicht und wischte mir den Schweiß aus den Augen.

„Aus tausend Gründen. Wegen der Perücke. Weil du dich nicht auf mich verlassen kannst. Ich weiß nicht."

Tanya lieh sich mein Duschgel und nahm viel zu viel davon. Die ganze Frau verschwand unter Schaum.

„Aber?“, fragte sie.

„Hör doch auf zu fragen, wenn du mir etwas sagen willst.“

„Verfluchte Wissenschaftler!“, sagte sie. „Also gut. Ich gehe in einen Club, und ich wollte fragen, ob du mitkommen willst. Nur zum Gucken.“

„Was für ein Club?“ Ich drehte das Wasser ab. Tanya legte den Kopf in den Nacken und ließ das Wasser durch die Haare strömen.

„Man trifft fremde Menschen …“

„Und dann?“

„Wenn man will, hat man Sex. Aber alles anonym, sehr diskret. Morgen.“

„Morgen ist Heiligabend“, sagte ich.

„Das Fest der Liebe.“

Ich wickelte mich in ein Handtuch. Das Frottee war angenehm rau. Es raspelte meine Haut, als ich mich trocken rieb. Handtücher, die flauschig sind und voller Appretur und das Wasser nicht aufsaugen, haben keinen Zweck. Und das war ein Stichwort. Der Sinn der Dinge war es, ihren Zweck zu erfüllen.

„Ich bin verheiratet. Ich habe, anders als du, etwas zu verlieren. Ich habe ein Familien- und Liebesleben. Ich liebe meinen Mann – was willst du von mir?“

„Du hast recht. Ich hatte nur gedacht, ich erzähle es dir und biete es dir an. Als Freundin. Ich meine, du könntest die Perücke aufsetzen …“

IX

Eine Konferenz in Edinburgh, zwei Jahre nach der Geburt meines zweiten Sohnes. Meine erste Reise allein, seit ich nicht mehr allein lebte. Ich hielt einen Vortrag über Keats und Novalis und zeigte auf, dass sich bei allen unterschiedlichen Bildern die Strukturen ihrer Motive gleichen. Freundlicher Applaus. Den Rest des Tages saß ich in einem rot beschlagenen Stuhl und schlief fast ein, während die anderen Professoren ihre Erkenntnisse zum Besten gaben. Nur das Klatschen störte. Beim Abendempfang gab es süßen Wein. Ein junger Mann sprach mich an. Er forschte über die Lichtverhältnisse in romantischen Gedichten. Sein Gesicht wirkte asiatisch.

Ich trank schnell ein paar Gläser, und dann sah ich zu, aus der Reichweite noch mehr gelehrter Ausführungen über Metaphern und Dialektik zu kommen.

Ich lief an Schaufenstern mit Bildschirmen vorbei, auf denen Frauen sich küssten, an Discos und Kneipen, vor denen die Nutten in langen Reihen standen, neonfarben geschminkt, Röcke und BHs aus Plastik oder Lack. Sex war farbenfroh und koloriert, die geschminkten Gesichter makellos. Ich streifte kurz den Gedanken, selbst so einen Neon-Rock zu tragen oder geschminkt da zu stehen. Ab und zu winkte mir eine der Huren zu, eine nannte mich Süße. Auf die Idee, selbst zu Huren zu gehen, war ich in meinem Leben noch nicht gekommen. Prostitution war etwas für Männer, etwas, das Frauen unterdrückt und ausbeutet. Das war für mich völlig klar. Die Erkenntnis, dass auch Frauen zu Huren gehen konnten, überraschte mich so, dass ich stehen blieb. Die junge Frau neben mir bezog das auf sich, sie kam einen Schritt vor, sprach mich auf Englisch an und legte eine Hand auf meinen Oberschenkel. Es war ganz einfach. Es wäre ganz einfach gewesen, ich hätte noch nicht einmal etwas sagen müssen, nur mitgehen. In dem Moment sah ich den jungen Mann vom Kongress, der über das Licht forschte. Er stand vornübergebeugt und starrte in ein Schaufenster. Ich machte mich von der Hure los, indem ich Bedauern vortäuschte, und ging zu ihm. „Ich finde es gut, dass Sie sich auch noch für etwas anderes interessieren", sagte ich, ohne die Auslage genauer in Augenschein zu nehmen.

Wir liefen zu Fuß zum Hotel zurück, im Nachtschatten der georgianischen Häuser, durch ein blinkendes Meer von Lichtern, durch einen Verkehr, der dicht war wie zur Frühschicht. Und während wir liefen, freute ich mich auf mein Zuhause, auf unseren Garten, in dem es nachts dunkel wird, und unser hundert Jahre altes Haus, dessen Zimmerdecken aus Holz sind und knarren, wenn jemand darüber geht. Und auf denjenigen, der darüber geht.

In der Lobby des Hotels fragte er mich, ob er mich auf mein Zimmer bringen solle. Er hatte es so verstanden, und vermutlich war es auch so gemeint gewesen. Jedenfalls war es nicht ausgeschlossen, dass ich es so gemeint hatte. Doch ich schüttelte den Kopf, zum zweiten Mal heute Abend mit gespieltem Bedauern. Hier war Sex irgendwie bedeutungslos. Wenn man sah, wie billig er war und wie leicht zu haben, wurde er bedeutungslos.

*

Als ich vom Sport nach Hause kam, war mein Mann überraschend zurück von seinem Sender, einen Ordner mit Ausdrucken hatte er auf dem Sofa verstreut. Wir trafen uns in der Küche.

Abends, nachdem sich die Kinder vor den Fernseher verzogen hatten, schlug mein Mann vor, Tanya an Heiligabend einzuladen.

„Oder wen hat sie, um Weihnachten zu feiern?“, fragte er.

„Seit wann interessiert sie dich?“

Es war vor allen Dingen mein Mann gewesen, der stets darauf bestanden hatte, dass wir Weihnachten allein feiern, dass ich nicht meine Brüder einlud oder meinen Vater oder seine Eltern. Er war weder Kirchenmitglied, noch maß er Ritualen eine große Bedeutung bei. Aber Weihnachten wollte er, dass sich die Familie auf ihren Kern beschränkt. Und zu dem gehörte Tanya nicht. Eindeutig nicht.

„Sie interessiert mich nicht. Ich dachte, es wäre nett.“

„Es wäre vielleicht nett. Was ist mit Weihnachten-alleine-bleiben?“

„Nicht nett *mit* ihr. Nett *von* mir. Ich dachte, ich bin mal nett und lade deine Freundin ein.“

„Hast du sie schon eingeladen?“

„Himmel. Dann eben nicht."

Es gibt diesen Dominoeffekt in Dialogen, dass man so lange hin und her redet, bis alle Argumente umgedeutet sind und man nicht anders kann, als etwas zuzugeben oder zu handeln. Mein Mann ist ein Meister darin. Und weil ich das durchschaute, weil ich geradezu zusehen konnte, wie er mich in eine Ecke manövrierte, gab ich mich nicht gleich geschlagen.

„Doch, ruf du sie an!"

Wie vorauszusehen war, erwiderte er, dass sie doch meine Freundin war. Und ich hätte leicht sagen können, dass er es doch war, der sie einladen wollte. Aber es ist so: Solch ein Gespräch endet entweder im totalen Streit, oder man entscheidet etwas und schafft es aus der Welt. Und so nahm ich sein Handy und rief Tanya an. Und ich wusste, dass ich einen Fehler machte.

X

Mein Mann, der mit den Söhnen durch den Wald stapft, die Axt in der Hand, um einen Tannenbaum zu schlagen. Die Kinder, die den Baum behängen mit Lametta und goldenen und blauen Kugeln und die sich darum streiten, wer abends die Kerzen anzünden darf – ein sinnloser Streit, denn schließlich müssen sie doch in ihren Zimmern warten, bis die Glocke läutet, und dann brennen die Kerzen schon. Das Aufreißen von Geschenkpapier, das Jauchzen und Zusammenbauen und auch die plötzliche Leere, wenn alles nach wenigen Minuten vorbei ist und die ganze Vorfreude, das Jiepern auf Weihnachten sich auf einen kurzen Höhepunkt konzentriert. Dann das Durchschnaufen und der erneute Anlauf zum gemütlichen Teil des Abends, wie man so sagt, das alles war dieses Jahr genauso wie immer und wie es gehört – und war doch anders, denn diesmal war Tanya dabei. Sie hatte natürlich zugesagt. Unvorstellbar, dass sie ein solches Abenteuer absagen würde. Familienweihnachten bei ihrer besten Freundin. Das zog sie sogar ihrem Swingerclub vor.

Sie trug ein schwarzes Samtkleid. Es reichte bis zum Oberschenkel. Der Ausschnitt bestand aus schwarzer

Seide, die sich zu einem Rollkragen hinaufwand. Um den Hals hingen Ketten mit Peace-Zeichen und anderen Anhängern. Ihre dunklen Haare waren geglättet und glänzten wie ein polierter Helm. Sie fügte sich mit großer Lust und Selbstverständlichkeit ein in die Familie, spielte mit den Kindern Skat und Poker, sang sogar die Weihnachtslieder mit, als der Jüngere sie anstimmte, während wir anderen einwandten, dass wir doch nicht in der Schule seien, nur um dem Singen zu entgehen.

Sie war die Sorte Tante, die meinen Kindern irgendwann das Rauchen beibringt und, wenn es hart auf hart kommt, für meinen Ältesten eine Mrs. Robinson wird.

Sie holte den Wein aus dem Keller und schnipselte den Salat, als mein Mann anfing, das Essen vorzubereiten. Und ich saß da und sah ihr zu. Ich sah zu, wie sie mit meinem Mann redete und wie sie sich berührten, achtlos, wie es schien, seine Hand auf ihrer, als er ihr das Messer abnahm. Ihr Po an seinem Oberschenkel, als sie sich am Herd vorbeischlängelte. Sein Gesicht in ihren Augen, als sie sich gegenübersaßen beim Raclette. Mein Mann hatte einen großen Laib Käse gekauft und schabte uns jeweils die unter dem Ofen geschmolzene Oberfläche auf die Teller.

„Wo hast du diese Perücke her?", fragte er.

„Von einem Bühnenversand. Ich frage mich seitdem, ob es nicht ganz schön intim ist, die Haare von anderen Leuten zu tragen."

„Wir tragen ja auch Pullover mit den Haaren von Schafen", sagte mein Mann.

„Da hast du recht! Danke!" Tanya umarmte ihn, als er ihr Wein nachschenkte.

Überhaupt dieses Umarmen und Herzen, das den ganzen Abend andauerte und über das gewöhnlich Kultivierte hinausging. Ich wischte mir das Käsesalz von den Lippen und dachte daran, wie sich Tanyas Kuss zum Geburtstag auf meinem Mund angefühlt hatte. Und was sie mit diesem Mund noch alles berührt hatte, und ob mein Mann dazu gehörte. Ich beobachtete sie, wie sie meinen Mann mit ihrer Gabel fütterte, weil sie Käse mit Speck und Preiselbeeren kreiert hatte. Sie leckte sich die Finger.

Nach dem Essen setzten wir uns vor den Kamin, und mein Mann las aus dem Buch vor, das Tanya ihm geschenkt hatte. Sie setzte sich neben ihn, stützte den Ellenbogen auf seine Schulter und schaute mit in den Text. Das war völlig unnötig, denn er las ja deshalb laut, damit keiner mitlesen musste. Tanyas Busen presste sich zwischen sein Schlüsselbein und seine Wange.

Das Schlimme war nicht, dass ich es sah, sondern dass ich das Gefühl hatte, ich sollte es sehen. Wieso, verdammt noch mal, hatte er sie eingeladen?

Mein Gesicht glühte wie der Ofen.

Tanya setzte sich im Schneidersitz vor den Kamin, und ihr Kleid rutschte noch weiter hoch. Und dann stellte sie fest, dass wir das tollste Paar seien, das sie kannte. Obwohl wir so vertraut und eng zusammenlebten, ließen wir uns doch alle Freiheiten und konnten gleichzeitig sicher sein, dass wir sie nicht ausnutzten. Das sei einzigartig.

„Weißt du", wandte sie sich an meinen Mann, „ich habe deiner Frau vorgeschlagen, mit mir in einen Swingerclub zu gehen. Und sie hat gesagt, dass sie dich liebt und um nichts in der Welt diese Liebe aufs Spiel setzen würde. Ich wollte eigentlich noch sagen ‚Bring ihn doch mit' oder was von Abwechslung und kleinen Abenteuern. Aber ich bekam kein Wort mehr heraus. So toll fand ich das."

Mein Mann sah mich nicht an. Er starrte in das Feuer und nickte.

„Kommt jemand mit raus?", fragte ich. „Wenn nicht, ist auch okay!"

Sie ließen mich alleine gehen.

Die Welt stand schwarz und schweigend und ein wenig schräg im Wind. Die Bäume summten vor sich hin, es begann erneut zu schneien. Ich stapfte los, krank von einem Gefühl, das ich seit Jahren, ach was, Jahrzehnten nicht gehabt hatte und von dem ich ganz vergessen hatte, wie es sich anfühlte.

In den Fenstern überall die geschmückten Tannenbäume. Die traute Weihnachtsnacht schloss mich aus. Hätte ich jetzt meine Perücke dabei gehabt, hätte ich mich nur zu gern zu einer anderen gemacht.

Ich kochte vor Eifersucht. Vor Hass auf meine beste Freundin, die mir gerade mein Leben wegnahm.

Das ist ein Fluch: Wenn man weiß, wie Geschichten funktionieren. Man erkennt die Motive hinter den Aktionen. Und die Motive, aus denen Menschen handeln, sind immer die gleichen seit Anbeginn von Erzählungen am Lagerfeuer vor den Höhlen. So gesehen gibt es in der Literatur keinen Fortschritt. Und wenn man von seiner besten Freundin eine Perücke geschenkt bekommt und einem damit nahegelegt wird, seinen Mann zu betrügen, und der Mann gegen seine Gewohnheiten diese beste Freundin an Weihnachten einlädt, dann ist die Geschichte offensichtlich.

Liebe funktioniert nur, wenn beide auf Unentschieden spielen. Wenn einer gegen den anderen gewinnen will, dann muss man entweder gehen oder kämpfen. Und ich, ich würde nirgendwohin gehen als zurück nach Hause. Ich stapfte auf, als müsste man der Welt in den Hintern treten.

Während ich den kleinen Gartenweg zu unserem Haus entlangging, sah ich eine nackte Tanya vor meinem inneren Auge, die langsam mit dem Bild von mir und meinem Mann in der vertrauten Löffellage verschmolz. Mir wurde schlecht.

Als ich mit klammen Fingern den Schlüssel ins Loch kratzte, hörte ich die Kinder lachen. Ich schabte mit der Schuhsohle über die Haustürschwelle, um weniger Schnee mit hereinzubringen. Dann war ich wieder in der Wärme meines Zuhauses. Aber ich hatte die Kälte mitgebracht.

XI

Marten Lorenzen. Das ist nicht der Name eines Privatdetektivs, den ich anheuerte, um meinen Mann und Tanya zu beschatten. Ich habe ihn noch nicht einmal selbst ausfindig gemacht. Er kam zu mir. Durch meinen Mann. Und nicht einmal das stimmt, denn Marten traf sich mit ihm unter falschem Namen. Am ersten Weihnachtstag hatten sie sich in einem Café im Zentrum verabredet.

Tanya hatte sich von einem Taxi abholen lassen. Die Straßen waren so verschneit, dass man nicht selber Auto fahren wollte. Und im Minikleid durch den Winter zu stiefeln, war ebenfalls nicht sehr verlockend. So ließ sie ihr Auto bei uns stehen und begab sich nach Hause, um das zu machen, was alleinstehende Frauen am ersten Weihnachtstag so machten. Was immer das sein sollte. Ich wollte es nicht wissen. Und sie sollte es jedenfalls nicht mit meinem Mann tun. Um das sicherzustellen, ging ich eine halbe Stunde, nachdem mein Mann zu seiner Verabredung aufgebrochen war, los und folgte seiner Spur. Sie führte mich ins Café. Der geheimnisvolle Soldat saß mit dem Rücken zur Tür und hatte eine Kapuze auf, sodass ich nur meinen Mann sehen konnte, der sein

Gesicht in missbilligende Falten zog, als er mich entdeckte. Ich war erleichtert.

Ich zog einen Stuhl heran und setzte mich: „Hallo."

„Meine Frau", sagte mein Mann knapp.

Der Mann sah aus wie ein amerikanischer Gangsterrapper. Er verkroch sich noch ein Stück weiter in seine Kapuze.

Wenn es stimmte, was mein Mann angedeutet hatte, dann hatte er einen Grund dafür. Er war in Afghanistan gewesen. Er hatte getötet. Wen und wie viele, wusste nur er. Aber er hatte es nicht in Selbstverteidigung getan.

Jetzt wandte er sich mir zu. Ich sah sein Gesicht im Schatten der Kapuze. Und ich erkannte es nicht wieder. Erst als er sich mit „Tom Elder" vorstellte, verriet ihn seine Stimme.

„Marten?"

Er erstarrte einen kurzen Augenblick. Mein Mann wirkte plötzlich unnatürlich wach.

„Woher weißt du …"

Unvermittelt wischte sich Marten mit einer raschen Handbewegung die Kapuze vom Kopf. Er hatte noch immer das spitze Kinn, nur dass aus dem Grübchen jetzt Barthaare wuchsen. Seine Haare waren kurz geschoren und grau an den Schläfen.

Mein Mann hatte seine ersten grauen Haare mit vierunddreißig bekommen, und es waren schnell mehr geworden. Anfangs hatte ich darüber gelacht und ihn aufgezogen, dass er wegen mir graue Haare bekomme, und er hatte ebenfalls gelacht. Dann, als der ganze Scheitel grau geworden war, hatte er nicht mehr gelacht. Er war zu seiner Maskenbildnerin gegangen, die die veränderte Haarfarbe ins Image integrierte.

Marten hatte eine Narbe, die vom Scheitel über seine Stirn lief. Aber jenseits des Alters und der erwachsenen Haut war noch immer der Junge zu erkennen, mit dem ich hinter der Turnhalle Zigaretten geraucht habe.

Über dem Kapuzenshirt trug er eine ausgewaschene Jeansjacke, als wäre er noch immer achtzehn, und hatte sogar noch den schwarzen Ohrstecker. Ich war dabei gewesen, als er sich das Ohrloch stach. Eine Kartoffel wurde halbiert, eine Stopfnadel in die Kartoffel gedrückt und in einer Kerzenflamme desinfiziert. Vermutlich wurde sie nur vollgerußt. Dann trank man einen Becher Fusel-Gin und stieß sich die heiße Nadel durch das Ohrläppchen. Das Ganze musste vor versammelter Mannschaft, vorzugsweise am Strand, auf jeden Fall vor Zeugen durchgeführt werden. Das Misstrauen der anderen, dass man schummelte und heimlich zum Juwelier ging, war stark ausgeprägt.

Dieses typische Misstrauen innerhalb unserer Generation, dass man sich gegenseitig verarscht. Und die Bereitschaft, sich für die Anerkennung der anderen Schmerzen zuzufügen. Marten hatte die Prozedur äußerlich gelassen vorgenommen. Erst als die Nadel das Ohrläppchen durchbohrt hatte, wurde ihm schwarz vor Augen, und er musste sich hinlegen, flach atmend, die Hände in den Sand gebohrt. So war die Jugend in den Achtzigern; neben einem Lagerfeuer am Strand zu liegen, der Sand noch warm vom Tag, die Luft schon kalt, und von allen bewundert zu werden, wie tapfer man war.

Marten sah nicht aus wie ein Soldat, der in Afghanistan Menschen erschießt.

„Du bist seine Frau?"

„Du bist tatsächlich zur Armee gegangen?"

„Ihr kennt euch?", fragte mein Mann.

„Nein", sagten wir beide. Aber ich hatte lange vor der Zeit mit meinem Mann einen Jungen gekannt, der ausnahmslos alle seine Freunde verärgert hatte, weil er Berufssoldat werden wollte. Die Gründe dafür waren nicht, dass er gerne im Wald paramilitärische Übungen durchführte oder ein Waffennarr war. Er hatte sich dafür entschieden, weil die UN Srebrenica nicht verteidigen konnte, weil die Zivilisation den Massenmord nicht verhindert hatte. Wir diskutierten in der Schule darüber.

„Wer ein Gewehr hat und den Auftrag, eine wehrlose Bevölkerung zu schützen, der darf nicht weglaufen, wenn das Gewehr zum Einsatz kommen soll", hatte Marten gesagt. Seine Überzeugung als Trotzreaktion auf den Pazifismus unserer alt-achtundsechziger Lehrer zu beschreiben, wäre mehr als unzureichend gewesen. Obgleich sie die Unterschiede zwischen sich selbst und uns nicht erkannten, was enttäuschend genug war. Auf grünen Parteitagen wurde unter Hinweis auf die Verantwortung, die man trug, für den Kriegseinsatz Deutschlands in Afghanistan und im Kosovo gestimmt. Für die Achtundsechziger ging jede Rechnung auf. Die Tragik unserer Jugend: Die Rebellion lief stets ins Leere. Damals hatten sie noch geglaubt, sie konnten mit dem Kopf durch die Wand, wir hatten keine Wände mehr gefunden und deshalb gar nicht gemerkt, dass wir einen Kopf hatten. Sie sahen den Kampf, wir die Kapitulation.

Sie sahen die Chance, die Welt zu verändern, wir sahen, dass die Welt immer schlechter wurde und wir nichts dagegen tun konnten.

Marten hatte sich die Argumentation des Kalten Krieges, einem Relikt aus anderen Zeiten, zu eigen gemacht. Eine Drohkulisse, die einen Krieg verhindert, als persönliches Lebensmotto und Motiv seiner Berufswahl. Man musste härter und furchtloser sein als die anderen.

Er gab es zu, als ich ihm das in der Geschichtsstunde vorgehalten hatte. „War doch eine Erfolgsgeschichte, die Aufrüstung", sagte er, „strenggenommen. Keine Toten, und die Russen haben verloren." Er sagte das nicht nur, um Menschen zu provozieren. Er sagte es, um Erwartungen zu enttäuschen – der einzige Weg, jemals frei zu sein.

Ich hatte nach der Schule nie wieder an ihn gedacht, und hätte ich es getan, ich wäre sicher gewesen, dass er irgendwo Surflehrer unter Palmen geworden war oder Investmentbanker oder irgendetwas, das die Welt verarscht. Dass er tatsächlich Soldat geworden sein könnte, das hätte ich ausgeschlossen. Nein, ich kannte ihn nicht.

XII

Mein Mann und ich gingen Hand in Hand nach Hause. Auf den Straßen war der Schnee inzwischen festgefahren, an den Steigungen hätte man allerdings Ketten gebraucht, um hochzukommen.

Es war der Moment für Klischeesprüche wie „kleine Welt" oder „Man trifft sich immer zweimal". Aber keinen davon klopften wir. Wir gingen Hand in Hand und sprachen über die Fakten. Über Martens Kommando, über seine Geschichte, ob sie für den Krieg insgesamt steht oder Zufall war. Was passieren würde, wenn mein Mann ihn vor die Kamera holte. „Das Disziplinarverfahren von Guttenberg gegen Oberst Klein, der den Tankzug bei Kundus aus der Luft angreifen ließ, wurde eingestellt. Aber um ein Haar hätte der Verteidigungsminister zurücktreten müssen ..."

„Das wäre was", sagte ich, „du stürzt den Minister."

Wir sprachen über die Möglichkeit eines Abzugs und ob ein Krieg, der noch nicht mal ein Ziel hat, zu gewinnen ist.

„Vermutlich ist heutzutage nur ein solcher Krieg zu gewinnen. Dann kann man sein Ende frei verhandeln", sagte mein Mann. „Es ist alles eine Frage der Definition.

Wissen wird durch Information ersetzt. Und die ist immer nur bruchstückhaft und erklärungsbedürftig."

So redeten wir. Das machte es leicht, nebeneinander herzugehen. Die Geborgenheit kam aus der Sachlichkeit. Hätten wir über uns gesprochen, ich über mein Misstrauen, hätte ich ihn nach Tanya gefragt, wir wären so getrennt gegangen, wie wir gekommen waren. Aber auf diese Weise blieben wir Mann und Frau – um den Preis, dass wir uns nicht sagten, was wir dachten.

Und in der Tat, es auszusprechen hätte nur gezeigt, wie lächerlich so etwas wie Verdacht, Argwohn, Zweifel war angesichts dessen, was auf dem Spiel stand. Und damit meine ich nicht die Kinder. Ich meine ein Leben des Vertrauens und Vertrautseins, ich meine zwanzig Jahre geteilte Erinnerungen, ich meine das Wissen um einander, das kein anderer Mensch hat, ich meine auch die ungelebten Geschichten, die wir verworfen haben, weil sie dem anderen zu viel abverlangt hätten. Das Infragestellen eines ganzen Lebens für das Vergnügen eines Seitensprungs, wenn es denn ein Vergnügen war ... Wie konnte mein Mann nur!

Ich zweifelte nicht wirklich daran, dass es ein Vergnügen war, mit Tanya zu schlafen. Das stand für mich außer Frage. Und während wir über den Truppenabzug redeten und dass Wikileaks das Synonym für die Neudeutung der Wirklichkeit wurde, fragte ich mich, wie ich diese Eifersucht abstellen konnte.

Wie lief es wohl ab zwischen den beiden? Sie würden sich bei Tanya treffen oder in einem Hotel, aber eher bei Tanya. Beim ersten Mal wäre mein Mann vielleicht noch schüchtern, zurückhaltend. Das war er nämlich auch.

Nicht in seiner Talkshow. In seinem Beruf hatte er gelernt, seine Schamgefühle auf andere Menschen zu projizieren, wenn er sich unwohl fühlte. Also würde er zögern.

„Du hast gesagt, ich könnte vorbeikommen …"

Tanya würde aufmachen, geschminkt für den Tag, vermutlich auf dem Sprung zu einer Bandprobe, aber noch nicht fertig angezogen.

„Ich hätte nicht gedacht, dass du kommst. Du findest meine Musik schlecht."

„Deine Musik. Nicht dich."

„Also bist du nicht wegen der Musik hier?"

Ich weiß, welchen Blick mein Mann in einer solchen Situation hat. Und dann beugt Tanya sich vor, zieht ihn zu sich heran und küsst ihn auf den Mund.

Unwillkürlich fuhr ich mir mit der Hand über die Lippen.

Tanya hat ihre Zunge etwas vorgestreckt, den Mund halb geöffnet, die Lippen immer mehr die Lippen meines Mannes umfassend, als würde sie schlingen.

Dann drückt sie ihn ein Stückchen weg, lehnt sich in den Türrahmen, sieht ihn an.

„Es ist kalt", sagt sie.

Er folgt ihr.

Bei Tanya war alles mit Bedacht eingerichtet, nicht sauber oder sorgfältig, aber achtsam und mit Stil. Es gab eine Vase mit langstieligen Blumen, es gab eine Tischdecke, Kinderstühle vom Flohmarkt, die statt einer Garderobe an die Wand geschraubt waren, mehrere skandinavische Landschaften in Öl, die eine Freundin aus Kopenhagen gemalt hatte, und eine lange Reihe von Schuhen auf dem Fußboden.

Sie legt ihre Hand auf seinen Rücken, schubst ihn in den Raum und schließt die Tür hinter sich. Und er dreht sich um und grinst schief. Ihre Bluse rutscht über die Schulter.

„Willst du reden?“, fragt Tanya.

Mein Mann schüttelt den Kopf. Er weiß wie ich, dass nur die Sachlichkeit Reden erträglich macht. Was soll er auch sagen. Er begeht einen Verrat – und es fühlt sich richtig an. Und falls es noch Skrupel gibt, kann er sich einreden, dass er verführt worden ist, dass er nur passiv gewesen ist, jemand, der ausgesucht wurde.

„Und du?“, fragt er.

„Ich“, sagt Tanya, „ich bin die Freundin deiner Frau. Verlieb dich also nicht in mich.“

XIII

Die Tage zwischen den Jahren ließen die Zeit langsamer laufen. Nach dem verhängnisvollen Heiligen Abend mit Tanya und dem Treffen mit Marten kehrte Ruhe ein. Meine großen und kleinen Männer sammelten sich zum Kartenspielen im Schlafanzug am Küchentisch, bevor sie rodeln gingen oder einen Iglu bauten. Es war so bissig kalt, dass man nicht länger als zwei Stunden draußen bleiben wollte. Dann kamen sie rein mit roten Frostbacken und klammen Fingern und freuten sich über den Kakao, den ich gekocht hatte. Wir schlachteten das Lebkuchenhaus, die Kinder unterwiesen mich in Computerspielen, der Älteste telefonierte mit seiner ersten Freundin, die im Skiurlaub war. Mein Mann trug Holz zum Kamin. Dann übergoss er die Gans, damit sie knusprig wurde. Bratenduft und Melancholie mischten sich.

Statt zu überlegen, was eigentlich passiert war, lebte ich mit meiner Familie. Und ich sammelte die wenigen Erinnerungen, die ich an Marten hatte. Da war die Klassenfahrt in der achten Klasse. Ich sehe ihn zu „Sunday Bloody Sunday“ tanzen. Dann ein langer Zeitraum ohne Bilder. Dann der Winter vor unserem Abitur, streng wie in diesem Jahr. Jeden Tag nach der Schule zogen wir mit den zusammengebundenen Schlittschuhen über der Schulter zum Forellenteich und fuhren Achten und drehten Pirouetten, während die Jungs Eishockey spielten. Auf dem Weg nach Hause, die Hände schmerzten vor Kälte und die Füße fühlte keiner mehr, tranken wir Apfelschnaps.

Dann ergriff das Eis auch das Meer. Im Hafen begann es. An den Molen wuchs das Wasser zu. Die Schiffsbesitzer, die ihre Boote nicht eingeholt hatten, gingen jeden Morgen und jeden Abend mit Äxten zum Hafen und hackten einen Burggraben um ihre Boote. Erst brachen die Fischkutter das Eis noch, aber bereits eine Woche später wurden die Fährfahrten nach Göteborg und Oslo eingestellt. Zwei Eisbrecher aus Finnland und Dänemark kamen an und brachen die Förde vom Nord-Ostsee-Kanal bis zur Kieler Bucht auf. Rechts und links der Fahrrinne türmten sich hohe Eisberge und gesplitterte Schollen. Aber in der Mitte, zwischen den Eisbergen, war das Wasser windstill und wellengeschützt. Als der Nord-Ostsee-Kanal geschlossen wurde, legte sich eine spiegelglatte, tintenschwarze und in der Sonne wie poliert glänzende Eisschicht über die Tiefe.

Wir waren die Ersten, die dort waren. Marten und ich. In den Medien wurde täglich eindringlich davor gewarnt, die Fahrrinne zu betreten. Aber jeder hätte es getan, wenn er mit Schlittschuhen über der Schulter so weit rausgegangen und über den Gürtel der Schollen geklettert wäre. Es war der Tod, der stillhielt und erlaubte, über seinen Rücken zu rasen. Jeder hätte es getan, der seit vier Wochen jeden Tag seine Pirouetten auf dem Forellenteich gedreht hatte und für die Reifeprüfung lernte, wenn die Wirkung des Apfelschnapses nachließ. Nicht obwohl es gefährlich war, sondern weil es gefährlich war.

Marten legte die Schlittschuhe auf eine Scholle und betrat die Eisstraße. Er tapste mit seinen Wanderschuhen, die er den ganzen Winter über trug, auf das Eis, vorsichtig erst, dann hüpfte er. Anschließend ging er ein paar Schritte hinaus, trampelte, hörte auf ein Knacken. Es gab kein Geräusch. Der Ostwind jagte über die Eisberge um uns herum, aber unter unseren Mützen pfiff er nicht, er war stumm, kratzte Schneestaub von den Schollen und trieb sie vor sich her. Kein Mensch war da. Wir waren allein, wie wir nie wieder allein sein würden.

Marten kam zurück, reichte mir die Hand. Er sagte nichts. Ich hatte es ja gesehen. Wir setzten uns nebeneinander, zogen uns die Schlittschuhe an und begannen, über das gefrorene All unter uns zu laufen. Die anderen kamen nach. Aber wir liefen weg, liefen nebeneinander her. Wir kannten uns kaum, hatten nicht die gleichen Freunde, waren nicht ineinander verliebt. Das machte uns zu Verbündeten. Falls wir einbrechen sollten, würden wir zusammen sterben. Es war keine Mutprobe, es war eine Möglichkeitsprobe.

Ich verstand zum ersten Mal, was die Olympioniken meinen, wenn sie sagen, dass Eis schnell ist. Wir überholten unsere Angst. Wir jagten am Strand unserer Kindheit vorbei, weit draußen auf der Fahrrinne, die sonst so weit weg ist und immer strengstens verboten. Und als wir uns nach einer halben Stunde umdrehten, waren da nur unsere eigenen Spuren, an die wir uns halten konnten, um wieder zurück zu unseren Schuhen zu finden. Dort warteten die anderen, deren Namen und Gesichter ich vergessen habe. Sie waren blass vor Angst.

Als meine Männer sich vor den Weihnachtsfernseher verzogen hatten, um ein Handballspiel zu sehen, nahm ich das Handy meines Mannes aus der Manteltasche, öffnete das Adressbuch und suchte den Namen Marten Lorenzen. Als ich ihn nicht fand, fiel mir wieder ein, dass er einen Decknamen benutzte. Ich drückte die Wähltaste.

Nachdem es vier Mal getutet hatte, hörte ich seine Stimme.

„Ja?“

„Bist du je wieder Schlittschuh gelaufen, seitdem?“, fragte ich.

Nach kurzem Zögern kam die Antwort: „Nein.“

„Ich auch nicht.“

„Sie haben einen Eisbrecher durch die Förde geschickt. Weil wir auf dem Eis gewesen sind.“

„Hat trotzdem gelohnt, oder?“

„So ist es.“

Würde er es wieder tun? Wieder mit mir?

„Brauchst du jemanden zum Reden?“

Am anderen Ende war Schweigen.

XIV

Tanya hatte es leichter, sich mit meinem Mann zu treffen. Sie wohnte allein, sie konnte Besuch bekommen, wann und von wem sie wollte. Im schlimmsten Fall würde sich jemand fragen, ob das der Mann vom Fernsehen war, den er da gesehen hatte. Marten hatte sich geweigert, mir seine Adresse zu sagen. Stattdessen verabredeten wir uns in einem Hotel am Stadtrand. Das klang schon nach Ehebruch.

Zu Hause sagte ich, ich müsse noch einmal zur Universität fahren, um mit einem Kollegen die demnächst anstehenden Prüfungen vorzubereiten. Es war der zweite Weihnachtstag, und es hatte erneut geschneit. Die Verfügbarkeit der Welt war zum Erliegen gekommen. Man konnte nicht mehr fahren, wohin man wollte. Flugzeuge steckten buchstäblich fest, und der Bahn gefroren die Oberleitungen. In der Zeitung konnte man lesen, dass Julian Assange, der Gründer von Wikileaks, einen Buchvertrag abgeschlossen hatte, um mit den Tantiemen seine Prozesskosten zu bezahlen. Dass ein Hacker und Internetfreak zum Geldverdienen ein Buch schrieb, erschien mir eher analog.

Ich setzte mich in die Lobby und bestellte eine heiße Schokolade. Im Grunde genommen wusste ich nichts von Marten. Vielleicht hätte ich die gewohnte Welt mit meinem Mann nicht verlassen und wieder gehen sollen. Aber dann kam der Kakao, und ich blieb. Marten kam pünktlich und plötzlich.

„Hallo, Tom", sagte ich und versuchte ein schräges Grinsen. Es wäre leicht gewesen, Körpernähe herzustellen, ich hätte nur aufstehen müssen. Aber so begann unser Gespräch gleich beklommen.

Er setzte sich, faltete die Hände, sah mich an. Der Handrücken seiner linken Hand war vernarbt. Die Haut sah aus wie der verharschte Schnee am Straßenrand.

„Also, du bist verheiratet, hast Kinder, bist Professorin."

„Professorin nicht. Und du?"

„Soldat. Das weißt du."

„Ich meine, verheiratet? Kinder?"

„Das würde nicht gehen."

Es gab wieder Feldpost in Deutschland. In der Weihnachtszeit bekam man das mit. Frauen schickten Liebesgrüße an ihre im Ausland stationierten Männer, Kinder erzählten ihren Vätern per Live-Schaltung im Radio, was sie Neues gelernt hatten. Die Briefe nach Hause allerdings wurden zensiert. Aber deshalb auf persönliches Glück verzichten?

Ich musste an das Drama „Penthesilea" von Kleist denken, in dem beschrieben wird, dass nur die abgestorbene Eiche dem Sturm widersteht, während die gesunde leicht bricht, da ihre Krone eine verhängnisvolle Angriffsfläche bietet. Das war das Bild, das Marten abgab, eine abgestorbene Eiche, standhaft, aber tot. Ein Mann, der um seine Beherrschung kämpft und dafür bereit ist, seine Krone aufzugeben. Wer weiß, vielleicht war es eine glückliche Fügung, dass Marten keine Frau hatte. Kleist nahm sich das Leben, nachdem er seine Freundin erschossen hatte.

„Was also machst du?"

„Ich dachte, du willst mir etwas über dich erzählen?"

„Über mich, über dich, über uns."

„Dann bitte."

Er bestellte Tee. Als er seine Hände öffnete, sah ich, dass ihm der Ringfinger der linken Hand fehlte. Marten bemerkte meinen Blick. Zum ersten Mal lächelte er.

„Manchmal juckt er, obwohl er ab ist. Und ich greife danach, um den Ring abzuziehen."

Ich zog fragend die Augenbrauen hoch.

„Deshalb hab ich den Finger verloren. Der Ring war so heiß, dass er die Muskeln und Sehnen durchschmorte."

„Ich nehme an, du willst auch nicht darüber reden, wie es zu der Verbrennung gekommen ist?"

Marten nickte leicht, es sah verächtlich aus.

„Also, worüber wollen wir reden?" Ich kam mir unnütz vor, verarscht.

„Du wolltest reden."

Ich sagte, ich hätte mich gefreut, ihn wiederzusehen, obwohl wir eigentlich wenig miteinander zu tun gehabt hatten, früher. Aber dass es darum nicht ging, sondern darum, dass ich gerade vierzig geworden war und mich fragte, was jetzt noch kommen sollte in meinem Leben und ob etwas kommen würde oder ob es ab jetzt nur einfach immer weiterging. Und da würde es mir sehr helfen zu vergleichen, zu erfahren, was aus anderen geworden war, die wie ich gestartet waren, von der gleichen Schule, mit den gleichen Zielen, den gleichen Träumen.

„Ziele, Ideale, Träume – darunter geht's nicht?", fragte er.

Ich raffte meine Sachen zusammen, um zu gehen.

„Du musst nicht mit mir reden", sagte ich, „Du hast ja meinen Mann."

Da legte Marten seine vernarbte Hand auf meine.

„Er betrügt dich", sagte Marten.

„Ich weiß", sagte ich. Ich sagte es so selbstverständlich, als ob es die normalste und alltäglichste Sache der Welt war. Aber Marten das sagen zu hören, so direkt, als bloße Feststellung, schockierte mich.

„Und?"

„Ich werde ihn betrügen."

Er nickte leicht.

„Während der Grundausbildung hatte ich einen Kameraden, der erzählte, dass er mit der Tochter seiner Lehrerin geschlafen hatte. Nicht weil sie besonders begehrenswert oder er verliebt in sie gewesen war, sondern weil sie die Tochter seiner Lehrerin war. Es ging ihm nicht um Liebe oder Erfahrung oder Gefühle, sondern um Trophäen. Und so wie er die Beziehung angefangen hatte, beendete er sie auch. Er ging nach dem Bund auf die Walz. Als er zurückkam, heiratete er sie. Ihm war Sex als Sport peinlich geworden."

„Warum erzählst du mir das?"

Er zuckte mit den Schultern.

XV

Als ich wieder zu Hause war, fragte mein Jüngster, warum ich mich verkleidet hätte. Beim Gehen hatte ich noch darauf geachtet, nicht gesehen zu werden, denn tatsächlich hatte ich mich weit über das Maß, das die Uni in den Weihnachtsferien verlangt, geschminkt. Nachdem ich Marten getroffen hatte, war es aber so unwichtig geworden, dass ich beim nach Hause Kommen nicht mehr daran dachte.

„Weil Weihnachten ist. Weihnachten macht man sich schön", sagte ich. Aber Weihnachten war vorbei. Es stimmte, ich hatte darauf geachtet, was ich anziehe, auch auf die Unterwäsche. Ich hatte einen anderen Vorsatz gehabt, das alte Jahr zu beschließen, als mit Zimmermannsweisheiten über die Koinzidenz von Sport und Sex. Aber enttäuscht war ich nicht.

Ich zog mir Jeans und Pullover an.

Rastlosigkeit oder Ungeduld trafen es besser. Ich ging zu den Aktenordnern und kramte nach einem Foto von früher. Ich fand nur Zeugnisse und frühe Berechnungen meiner Rentenansprüche. Ich stellte den Ordner zurück, zog Band zwei der Kleistausgabe heraus und blätterte darin. Ich fragte mich, was ich machen würde, wenn der

Krieg nicht mehr nur exportiert wurde, sondern zurück nach Deutschland kam. Dass ich im Frieden aufgewachsen war, erschien mir immer selbstverständlich. Aber Martens Leben zeugte von einer anderen Wirklichkeit. Was immer er war, GSG 9 oder KSK oder wie die Kürzel der Geheimhaltung auch lauteten, er war Soldat, und es wurden Kriege geführt. Wehrpflicht und Friedenszeit waren vorüber, nun gab es Soldaten, die in der Ausübung ihres Berufs einen Finger verloren.

Und käme ein Krieg ins Land, ich würde die Kinder vor ihm verstecken, in Dänemark, in Schweden, auf einer einsamen Schäreninsel würde ich überwintern, bis keine Söhne mehr sterben müssten. Merkwürdigerweise kam mein Mann in diesem Szenario nicht vor. Ich schlug den Kleistband zu und ging zu meinen hungrigen Kindern, um mit ihnen zu Abend zu essen. Danach rief ich meinen Mann an.

„Kommst du heute noch?"

„Nein. Ich habe Toms Geschichte überprüft. Ich nehme ihn in die erste Sendung des nächsten Jahres. Nur ihn."

„Was ist denn seine Geschichte?"

„Du wirst die Sendung sehen müssen."

„Aber was genau macht er oder hat er in Afghanistan gemacht?"

„Bitte …", sagte mein Mann. Mir schien, als ob ich im Hintergrund jemanden flüstern hörte.

„Bist du allein?"

„Völlig."

„Völlig" war eine merkwürdige Antwort. Ich wünschte ihm einen schönen Abend und legte auf.

Ich rief Tanya an. Tanya besitzt lediglich eine Handynummer. Die Zeit, in der Haushalte Festanschlüsse hatten, war einmal. Ebenso die Zeit der Telefonbücher, Anschriften, die Weltidee des Zentrums. Das Zentrum war da, wo man seine Kommunikationsgerätschaften hatte, also im Zeitalter des iPhones überall.

„Hey hey", sagte Tanya. Ich hörte nicht auf sie, sondern auf die Hintergrundgeräusche. Das Schmatzen von U-Bahn-Türen.

„Bist du in der Stadt?"

„Warum fragst du?"

„Siehst du meinen Mann heute Abend?"

„Nein. Ist er auch in der Stadt?"

Ich legte auf. Ich lief umher. Ich schimpfte mit den Kindern. Ich entschuldigte mich bei ihnen, was dazu führte, dass ich ihnen einen Film anmachte und Weingummi hinstellte. Dann klappte ich den Laptop auf und gab Martens Namen ein. So selten war der Namen nicht. Gemeindevertreter, Sportvereinsvorsitzende, Kulturschaffende – keine Soldaten. Dann gab ich Tom Elder ein. Und stieß auf eine Figur aus Harry Potter, die den Vornamen Tom hatte und in den Besitz eines Zauberstabes gelangen wollte. Seine Kraft war trügerisch, hieß es, denn nur Besitzer, die den Tod akzeptierten, konnten die darin enthaltene Magie ganz ausschöpfen.

Ich gab den Suchbegriff KSK und Afghanistan ein. Wenn es ein Thema gibt, auf das sich journalistische Aufklärung konzentrieren müsste, dann auf das Tun der KSK in Afghanistan.

Was ich hätte wissen müssen und was wahrscheinlich kaum jemandem klar ist: Nie war ein Einsatz der Spezialkräfte in Afghanistan vom Bundestag beschlossen worden, und trotzdem waren sie da. Sie operierten außerhalb der Befehlsketten. Dass die KSK-Soldaten auch bei Folterverhören anwesend waren, ließ sich zumindest nicht ausschließen. Offen wurde über Hinrichtungen und Plünderungen geschrieben. Da stand alles, was man sich an Gräuel denken konnte. Aber solange die Behauptungen nicht bewiesen waren, hatte man die Hoffnung, dass sie vielleicht doch nicht stimmten. Es fehlten die Leaks. Und mein Mann würde sie beschaffen. Mit Martens Hilfe. Wenn ein KSK-Soldat auspackte und als Belastungszeuge auftrat, würde das dem gesamten Wissen nichts Neues hinzufügen – es aber handstreichartig zu einer Wahrheit machen. Ich verstand, was mein Mann vorhatte. Und ich verstand die Sicherheitsmaßnahmen, die Marten traf.

Ich rief ihn an.

„Ja."

„Ich bin's."

„Ja."

„Woher weißt du, dass mein Mann mich betrügt?"

„Ich bin in einer Lage, in der ich niemandem vertrauen kann. Ich überprüfe alle, mit denen ich rede."

„Hast du auch mich überprüft?"

„Du bist sauber ..." Ich hörte Schalk in seiner Stimme. Zum ersten Mal.

„In einer Stunde an der Depotbrücke", sagte ich.

XVI

Der Weg am Depot wird Liebesweg genannt. Er führt unterhalb des militärischen Sperrgebiets am Wasser entlang. Bunkerruinen verstecken sich im Wald, in denen Kinder heimlich Zigaretten rauchen. Mein älterer Sohn hat mit seiner Handballmannschaft in einem der Betontrümmer eine kollektive Blutsbrüderschaft zelebriert. Vierzehn Jungen bohrten sich mit Weißdorn in die Finger und schworen sich aufeinander ein.

Auf der Brücke, die über die Schienen führt, wartete Marten, den Kragen hochgeschlagen, die Hände im Mantel eingegraben, ohne Mütze. Es taute. Die Luft schien nach den letzten Tieffrostnächten geradezu weich.

„Was ist?“, fragte er.

„Ich fasse nicht, dass wir jetzt so alt sind wie unsere Eltern damals.“

„Zwar so alt, aber noch nicht so scheiße.“

Da hatte er recht und unrecht. Unrecht, weil auch Eltern Kinder ihrer Zeit sind, recht, weil wir mit vierzig weder so aussahen noch uns so benahmen wie unsere Eltern mit vierzig. Und doch war es ganz anders. Ich hatte erwartet, dass wir uns verändern auf dem Weg vom Kind zum Erwachsenen. Und dass unsere Eltern unsere Eltern waren, unverändert auch im Alter. Dabei waren wir es, die sich gleich geblieben waren.

Mein Sohn ist seit zwei Jahren größer als ich. Dass jede Generation einen halben Kopf größer ist als die vorhergehende, ist keine wirkliche Überraschung. Man kann es an den Mänteln und Uniformen in Museen sehen. Als ob die Kriege früher von Zwergen geführt wurden. Dennoch ist es merkwürdig, sein eigenes Kind zu umarmen, wenn es größer ist als man selbst. So merkwürdig, wie ihn nackt zu sehen mit Schamhaaren oder Hand in Hand mit einem Mädchen. Aber so wie die Kinder früher erwachsen sind, so sind die Eltern länger jung. Frauen mit vierzig, die graue Haare haben, gibt es fast gar nicht, die Sprache bleibt ganz selbstverständlich offen für Ausdruck und Stil der Zeit, und auch das Leben wird immer wieder neu auf die Probe gestellt. Deshalb war ich ja hier.

Über uns hatte sich der Himmel von allen Wolken entblößt. Er zeigte seine Sterne mit großer Schamlosigkeit.

Ich griff Martens Hand, sie war kalt vom Metall des Geländers, ich zog sie zu mir, legt sie mir auf die Wange und zog seinen Mund auf meinen. Sein Atem fuhr mir warm ins Gesicht.

Der erste Kuss war ein Versuch. Der zweite war Begierde.

Ich schlang meine Arme um seinen Hals, damit ich meinen Busen an seine Brust drücken konnte, durch seinen Mantel, durch meine Daunenjacke. Es ging um den Druck eines Körpers, der nicht nachgab. Und er hielt stand, er hob mich hoch, ohne den Kuss zu lösen, und setzte mich auf das Geländer der Brücke über den Schienen. Ich trug nur eine Strumpfhose unter dem kurzen Rock, und die Kälte des Metalls drang sofort ins Fleisch. Zehn Meter unter mir lag die Betonpiste, in die die Gleise eingelassen waren. Wenn Marten mich losließ, würde ich fallen, aber sein Kuss hielt mich im Gleichgewicht. Seine Hände jedoch nicht, die waren jetzt unter meiner Jacke, strichen über mein T-Shirt und formten Halbkreise unter meinem Busen. Sein Bart kratzte. Ich öffnete meinen Mund weiter und stieß mit meiner Zunge gegen seine, lehnte mich nach vorne, schob seine Jacke hoch und meine Hand in seinen Hosenbund, strich langsam mit dem Finger den Bund der Hose entlang. Marten hob mich vom Geländer und legte mich in seine Arme. Der Tod trägt eine Seele. Das schoss mir durch den Kopf. So trug er mich die Treppen der Brücke hinunter und schnurstracks zwischen die Büsche neben dem Radweg. Ich war eine Beute und froh, es zu sein.

Er schob meinen Rock hoch und fasste mir zwischen die Beine. Es hatte nichts Zärtliches mehr, es hatte etwas Gieriges. Als wir halbnackt unter dem kalten Dezembermond lagen, blickte ich an mir hinab und sah, dass mein Körper leuchtete. Mein Busen war weiß und meine Brustwarzen steif vor Kälte, meine Haut hatte sich vor Schaudern zusammengezogen. Plötzlich hatte ich es eilig. Ich zog Marten auf mich, sah die Muskeln an seinen Armen, spürte sein Gewicht auf mir. Wir schlangen uns ineinander und drehten uns um uns selbst, bis wir liegen blieben, ich auf ihm, mein Busen nackt auf seiner Brust.

Sein Atem in meinem Ohr, der langsam wieder ruhiger wurde.

„Sicher holen wir uns eine Lungenentzündung."

„Bestimmt ..."

Ich fragte nicht nach den Frauen, die er vor mir gehabt hatte, ob er die Angst vor Aids, die uns während unserer Jugend begleitet hatte, abgelegt oder überwunden hatte, ob viele Partner zur Gewöhnung an die Gefahr oder zu ihrem Vergessen führten und ob das überhaupt einen Unterschied machte.

Ein Hund schlug an, dicht an unserem Ohr. Er bellte nur einmal und nur knapp. Dann begann er zu knurren, tief und grimmig. Und wir hörten Schritte. Marten richtete sich auf.

„Hinter uns ist der Zaun. Die Wache kommt", sagte er. Tatsächlich wurde um das Marinedepot Streife gegangen, so als gäbe es hier noch immer Torpedos und Minen und die Russen würden uns morgen angreifen.

„Lagern hier die Bomben für deinen Krieg in Afghanistan?"

„Hey, ihr!" Ein Taschenlampenkegel flackerte durch die Büsche und blieb genau auf meinem Po hängen.

„Los!", rief ich, sprang auf, raffte meine Sachen zusammen und rannte. Marten hinter mir her.

„Schweinerei", brüllte der Wachmann und begann ebenfalls zu laufen. Unser Fluchtweg führte uns von der Brücke fort. Im Laufen versuchten wir uns anzuziehen. Und der Wachmann mit dem Hund an der Leine immer hinterher, bis der Zaun einen Bogen machte und ihn von uns abschnitt.

„Mann, Mann", keuchte ich.

„Die Armee ist überall", sagte Marten.

Wir zogen unsere Klamotten zurecht, kalt und heiß zugleich, und begannen zu kichern. Erst nur unterdrückt, dann lachten wir laut. Aufgekratzt gingen wir durch das Oberdorf zurück, entlang der Landstraße, vorbei an Feldern, zugedeckt von Bergen aus Schnee. Der halbe Wintermond in der langen Nacht, groß und bleich. Wir warfen farblose Schatten.

„Hast du schon mal getötet?", fragte ich.

„Der Erste, den ich tötete, war ein Fisch." Als er zwölf war, sollte er für seine Mutter am Hafen einen Dorsch kaufen. Er trug ihn in einer großen Tüte den Berg hinauf nach Hause. Dem Tier war das Rückgrat zermalmt worden, mit einem kurzen, heftigen Schlag des Fischers, der eine breite Eisenstange gleichzeitig auf Kopf und Wirbelsäule schlagen konnte. Doch auf halbem Weg begann der Fisch in der Karstadttüte wild zu zucken. Marten erschrak und ließ die Tüte fallen. Der Fisch schlug wie wahnsinnig und mit einer Kraft um sich, die die Tüte vom Bürgersteig auf die Straße wandern ließ. Marten sah zu und verzweifelte. Er stellte sich den Fisch vor, sterbend im Plastiksack, in dem Socken oder Hemden nach Hause transportiert worden waren.

Der spastische Fisch. Marten schloss die Augen und hockte sich an den Straßenrand. Ein Auto bremste vor der Tüte. Der Fahrer, ein weißbärtiger Mann mit dickem Bauch, griff sie und stellte sie vor Marten ab.

„Was ist?", fragte er.

„Er lebt", sagte Marten.

„Dann mach ihn tot", sagte der Mann, stieg wieder ein und fuhr runter zum Hafen.

Jetzt war die Tüte still. Marten griff sie fest. In diesem Moment begann der Fisch wieder zu zappeln, doch Marten hielt die Tüte zu und stürzte hinunter zur Förde. Er riss die Tüte auf und kippte den Dorsch zurück ins Wasser, genau vor den Bug des Fischerboots, wo er ihn gerade eben gekauft hatte. Der Fischer schüttelte den Kopf und fragte, ob er sie noch alle habe. Der Dorsch trieb mit dem weißen Bauch nach oben. Das Wasser roch nach Flieder und schimmerte wie kalter Kaffee.

Eine erste Möwe stieß hinab.

Am nächsten Tag kaufte er sich eine Angel und ging zu den Bunkertrümmern unterhalb des Marinedepots. Hier konnte man sich bequem in einen Trichter setzen, den Rücken an ein ausgerissenes, rostiges Stahlnetz gelehnt, und seine Angel auswerfen, ohne dass man entdeckt und gefragt wurde, ob man einen Angelschein hatte. Hier hatte er mit Freunden Modellschiffe mit Waschbenzin gefüllt und in die Luft gejagt und aus Haarspray Flammenwerfer gebaut.

Diesmal gab es kein Zurück. Diesmal wollte Marten nicht feige sein. Schon den Haken durch den Hals des Regenwurms zu ziehen, bereitete ihm Ekel. Er musste den Wurm so fest zwischen seine Finger quetschen, dass die Schwanzspitze hervorquoll wie ein Auge. Dann stieß er den Haken hinein und zog ihn mit einer halben Umdrehung hindurch. Er war überrascht, wie fest Regenwurmfleisch ist.

Der Ruck in der Angel kam so überraschend, dass Marten fast aufgeschrien hätte. Er kurbelte den Fisch an Land, warf seine Angel weg und versuchte ihn zu fassen, als er schlagend auf der schrägen Betonmauer lag. Kalt war er, glatt und voller Kraft. Marten konnte ihn nicht mit einer Hand festhalten, aber er drückte ihn auf den Boden. Er nahm den Hammerstiel, den er mitgenommen hatte, zielte auf den Kopf und schlug zu. Aber der Fisch begann nur heftiger zu zappeln. Er holte erneut aus, schon unsicherer geworden, und traf ihn diesmal nicht. Er merkte, wie er schwächer wurde und seine Entschlossenheit sank. Ein Echo in seinem Kopf hallte „Versager". Und in diesen Echoraum schlug er. Er wollte den Fisch gar nicht treffen, er wollte durch ihn hindurch schlagen. Die Bewegung unter seiner Hand erstarb. Marten zog sein Messer, zögerte noch einmal. Noch war der Fisch unverletzt, der Körper war eine Einheit. Es war verboten, ihn zu zerstören. Aber verboten war der ganze Tag. Schwieriger als einen Haken in einen Regenwurm zu ziehen, war, ein Messer in einen Fisch zu stoßen. Das Fleisch war fest und quietschte, als Marten es von den Kiemen abwärts auftrennte. Dunkles Blut sickerte über die Steine. Gedärme spritzten auf seine Hose. Es stank nach Katzenfutter, und eine Möwe krächzte über ihm. Als die Innereien aus dem Bauch quollen, spürte Marten, wie die Spannung des Fischkörpers nachgab. Mit den Fingern leerte er den Fisch. Plötzlich machte es fast Spaß. Er war stolz, seinen Ekel überwunden zu haben.

Er wusste, dass er töten konnte.

XVII

Marten fuhr mich nach Hause. Wir hörten Radio. Die italienischen Journalistinnen in Afghanistan waren noch immer nicht wieder aufgetaucht. Es gab auch keine Lösegeldforderungen oder ein Bekennerschreiben. Marten wechselte den Sender, bis ein Wetterbericht verkündete, dass es taute. Es war minus sieben Grad. Ein seltsames Gefühl, seine Realität anders zu erleben, als darüber gesprochen wurde.

Ich hielt meinen Kopf in den Luftstrahl des Heizungsgebläses. Der trockene Staub in den Lüftungsrohren wurde langsam warm.

„Und jetzt?", fragte ich.

„Sagst du es deinem Mann?"

„Ich denke nicht."

„So, denkst du."

„Und du?"

„Ob ich es deinem Mann sage?"

Nein, das hatte ich nicht gemeint. Aber ich verstand sofort. Marten hatte ein Druckmittel geschaffen, falls die Dinge nicht so laufen sollten, wie er es sich vorstellte. Er konnte uns verraten, er konnte meine Ehe sprengen. Er hatte mich in der Hand. Ich war ein Leak.

„Hast du deshalb mit mir geschlafen?“

Er gab vor, mich nicht zu verstehen.

„Um es meinem Mann sagen zu können“, sagte ich.

„Was für ein Quatsch.“

Die Scheinwerfer des Autos fraßen einen gelben Tunnel in die Nacht. Wenn Vertraulichstes, Intimes öffentlich wird, was ist dann noch möglich an Vertrauen, fragte ich mich. Julian Assange und Typen wie er, sie wollten dem Big Brother, der der Staat für sie war, ein Schnippchen schlagen, aber der Little Brother von nebenan war viel gefährlicher. Die alltäglichen Geheimnisse, die wir mit anderen teilen.

Martens Gesicht schien mir glatter und weniger harsch als noch vor zwei Tagen.

War es das, worauf es hinauslief? Wenn alle Geheimnisse verraten wurden, wenn es keine Geheimnisse mehr gab, es sie nicht mehr geben konnte, brauchte man auch kein Vertrauen mehr, und man konnte aufhören zu glauben.

„Wir machen das Interview am 3. Januar. Bis dahin bleibe ich hier. Danach wird es schwierig.“

Aber auch Misstrauen ist auf die Möglichkeit eines Geheimnisses angewiesen. Und ich hatte eins. Mit Marten.

„Gehst du dann nach Afghanistan zurück?“

Marten lachte trocken. Er traute auch mir nicht. Er hatte diese neue Welt verstanden. Er wusste, dass man zwar Sex haben kann, aber kein Wort sagen darf, das andere aufschnappen und verbreiten konnten. Dass man sich nicht fotografieren lassen darf von Handys, die die Bilder sichtbar für die Welt bei Facebook einstellen. Dass man sich fremde Namen aus Fantasy-Romanen geben muss, um nicht in Blogs mit Anschrift und Adresse aufzutauchen, veröffentlicht von Menschen, die auch nur ein Pseudonym benutzen.

„Du tauchst unter."

Ich kam mir vor wie in einem Film. Die weiße Welt, der Dieselmotor, der Fahrtwind an den Türen.

„Ich werde versuchen zu leben."

Ich stieg eine Straßenecke vor unserem Haus aus und lief die letzten Meter. Von Marten hatte ich mich ohne Kuss und ohne Auf Wiedersehen verabschiedet. Aber bis zum Dritten war es noch eine Woche. Ich wusste, dass ich ihn wiedersehen würde.

Im Flur und in der Küche brannte noch Licht. Ich suchte den Schlüssel und schloss leise auf. Lautlos huschte ich durch das Haus. Mein Mann war nicht da, die Kinder waren allein ins Bett gegangen.

Jäh erfasste mich ein Schuldgefühl. Übermächtig. Etwas, das ich vergessen hatte, seit ich beim Bücherklauen erwischt worden war, machte sich plötzlich breit in meinem Kopf. Scham. Ich hatte mein Leben betrogen und das Versprechen, das es mir gab. Geborgenheit. Halt.

Es war ein Uhr durch und unser Ehebett unberührt. Ich schlich in die Zimmer meiner Kinder und hörte sie nicht atmen. Aber sie waren da. So still schliefen sie, als wären sie tot. Ich dachte daran, wie es wäre, wenn ich sie nicht hätte. Und die Wärme, die zwischen uns herrschte und die mich hielt in meinem Leben, auch wenn mein Mann mich betrog, sie war stark und umfassend. Nur dass sie mich diesmal nicht im Kern erreichte. Denn Schuld ist keine Liebe.

Was wäre aus meinem Leben ohne Kinder geworden? Ich hätte keinen festen Partner, ich wäre Schriftstellerin geworden oder hätte meine Habilitation zu Ende geschrieben, ich wäre reich oder arm, aber nicht mittelmäßig mittelschichtig, ich würde in New York leben und in Nachtclubs ausgehen, wo Männer strippen, ich würde mit Tanya in Swingerclubs Erfahrungen sammeln.

Ich machte die Augen zu, aber mein Herz jagte. Ich hasste Tanya, die mir das alles eingebrockt hatte. Und gleichzeitig war ich verführt von der Idee, zu sein wie sie.

Es war zum Wahnsinnigwerden hier im Haus, allein auf dieser Etage mit meinen Kindern, während mein Mann wahrscheinlich bei ihr war. Und zwischen Schuld und Hass und Liebe wurde mein Leben hin und her geworfen.

Ich suchte im Schreibtisch nach Zigaretten. Eine alte Packung lag unter Schnellheftern und Klarsichtfolien. Sie war nach einer Party liegen geblieben. Mein Mann hatte seinen Vierzigsten gefeiert. Genau genommen hatte ich ihn überredet, seinen Vierzigsten zu feiern, denn er hasste es, Gastgeber zu sein.

Ich stand am offenen Fenster und inhalierte den Rauch, hielt ihn in der Lunge, bis sie juckte, und blies ihn wieder aus. Sofort spürte ich die Betäubung, das Schlingern der Synapsen, die mich zur Ruhe kommen ließen. Die Laternen waren schon lange aus, nur der Große Wagen und der schwindsüchtige bläuliche Mond leuchteten im Finstern. Ich blieb so lange stehen, bis ich fror. Vielleicht sollte ich mit meinen Kindern ausziehen.

Ich warf die Zigarette in den Schnee und duschte. Das getrocknete Sperma vom Oberschenkel zu spülen ließ das Schuldgefühl wieder aufkommen, wenngleich weit weg wie eine Erinnerung. Es war zu einem Schemen verblasst. Ich putzte mir die Zähne und war froh, den Tabakgeschmack loszuwerden.

Dann kroch ich in einem blauen Männerhemd, das mein Mann nicht mehr trug, ins kalte Bett. Seit ich mit ihm zusammen war, schlief ich in abgelegten Sachen von ihm, zuerst in T-Shirts, später, als er Hemden trug, in Hemden. Ich glaube, es war einmal als Liebeserklärung gedacht gewesen.

Ich streckte mich lang aus, in der Kreuzritterhaltung meines Mannes. Es fühlte sich an, als ob die Bettdecke meinen Körper auskühlte.

Als ich gerade dabei war einzuschlafen, hörte ich vor dem Haus einen Automotor langsamer werden, dann anhalten. Ich dachte, dass es mein Mann war, der jetzt nach Hause kam, und stand noch einmal auf, um zu sehen, wie er ausstieg und ob auch er eine Zigarette rauchte. Aber es war nicht mein Mann. Es war Marten. Die Scheinwerfer waren abgeblendet. Der Mann hinter dem Steuer schaute zu meinem Fenster hinauf. Wahrscheinlich konnte er mich nicht sehen, aber ich hob die Hand und hielt sie oben, bis er ausstieg. Dann schlich ich mich an den Zimmern meiner Kinder vorbei, huschte über den Flur, ging die Treppe hinunter und öffnete die Tür.

Der Frost kratze rau an meiner Haut.

Das Hemd reichte mir bis zum Po. Meine Haare waren verwuschelt, es war dunkel und Marten sagte „Hallo“

zu mir. Ich freute mich. Das machte die Sache nicht einfacher. Denn vom Ende hängt es ab, ob man glücklich oder traurig ist, wenn man liebt.

XVIII

Ich machte mich früh auf zu Tanya. Noch bevor die Kinder wach wurden. Das war nicht schwer, denn in den Ferien schliefen sie oft bis zehn Uhr. Marten hatte mich gegen drei wieder verlassen. Das Bett hatte nach ihm gerochen. Ich zog es noch in der Nacht ab.

Ich kaufte Brötchen in der Bäckerei gegenüber und beobachtete bei einer Tasse heißem Kaffee an einem kippeligen Stehtisch die Fenster ihrer Wohnung. Sie waren nicht zugezogen. Das Auto meines Mannes parkte nicht in der Straße. Also ging ich rüber und klingelte. Klingelte erneut. Das angekündigte Tauwetter war da. Es tropfte von der Regenrinne, und über die Straßen schwammen Eisschollen. Ich wollte gehen. Sie war nicht da oder machte nicht auf. Vielleicht hatten sie sich diesmal im Hotel getroffen. Wahrscheinlich saßen sie gerade bei einem Dreißig-Euro-pro-Person-Buffet und aßen Ananas und Speck zum Frühstück.

„Hey, Hallo!"

Beim Umdrehen lief ich Tanya direkt in die Arme. Sie stank nach Rauch. Ihre Schminke war verwischt, ihre Mütze verrutscht, sie sah fertig aus.

„Was machst du hier?"

Ich hob die Brötchentüte.

„Aber wenn's nicht passt ..."

„Nein, nein, unbedingt! Cool!"

Sie schloss auf, und ich schlüpfte hinter ihr unter der tropfenden Rinne in den Flur. Das Treppenhaus glich einem alten Wiener Fin de Siècle-Eingang. Sigmund Freud hätte hier gewohnt, wäre er Norddeutscher gewesen. Die Ornamente auf den Kacheln verschlangen sich zu traumähnlichen Sequenzen, ein Geflecht aus Muttermündern und Phalli.

„Ich geh nur schnell duschen! Ist okay, oder?"

Natürlich war das okay. Ich hatte es ja selbst getan. Natürlich war es okay, dass sie sich das trockene Sperma meines Mannes vom Oberschenkel wusch, bevor sie mit seiner Frau frühstückte, natürlich kochte ich schon mal Kaffee und deckte den Tisch.

Es war ein kleiner Holztisch mit gedrechselten Beinen. Ich löffelte Pulver in den Kaffeebereiter und goss kochendes Wasser drauf. Es gab genau ein Marmeladenglas im Kühlschrank und ein kleines Stückchen Käse. Die Ingredienzien eines Singlehaushalts. Mein Mann schleppte einmal die Woche Kisten voll Milch, Obst und Aufstrich in die Küche. Tanya nahm immer mal einen Leckerbissen in der Handtasche mit.

Sie erschien mit einem Handtuchturban um den Kopf und im Bademantel. Sie schlug die Beine übereinander und gähnte.

„Wo kommst du her?"

„Sag ich nicht."

Ich aß keines meiner mitgebrachten Brötchen.

Tanya angelte sich das Marmeladenglas und öffnete

es, während ich noch jetzt, wo ich dies schreibe, nasse Handflächen bekomme, weil ich mich noch nie so am falschen Ort gefühlt habe. Sie schmierte sich dick Pflaumenmus auf das Brötchen.

„Willst du Silvester zu uns kommen? Vielleicht kommt noch ein alter Schulfreund. Die Kinder feiern bei Freunden. Das könnte nett werden."

Ich weiß nicht, woher diese Worte kamen. Auf jeden Fall nicht aus einer rationalen Überlegung heraus. Es war eher eine Übersprunghandlung. Oder die Lust, sich weiter zu demütigen. Wie ein Stachel, den man nicht aus dem Muskel ziehen kann und der vor lauter Ungeduld abbricht, sodass der Schmerz dann so richtig tief geht. Das könnte nett werden, was für eine Phrase. Was für ein Schwachsinn.

Tanya hielt mit musverschmiertem Mund inne, offenbar genauso überrascht wie ich.

„Ja, das klingt doch gut. Ich bringe etwas mit."

Den Kaffee trank ich ganz gegen meine Gewohnheit schwarz. Ich wollte, dass er mir nicht schmeckt.

„Isst du nichts?"

„Ich habe keinen Appetit."

*

Nachmittags ging ich mit meinen Jungs Feuerwerk kaufen. Sie waren aufgeregt und schleppten ihre Tüten mit Böllern und Raketen zum Bus. Die Begeisterung für das kriegsähnliche Geknalle stand ihnen ins Gesicht geschrieben. Ich leierte meine Sprüche runter von „nicht in der Hand anzünden" und „nicht auf Menschen werfen", und sie sagten Augen rollend ja ja. Natürlich war das Böllern Geldverschwendung und Luxuswahnsinn, natürlich brach ich alle meine Prinzipien – allerdings nicht das erste Mal. Seitdem ich Kinder hatte, war Toleranz wichtiger als Prinzipien. Sie durften Fernsehen, Naschen, am Computer spielen, hatten Handys und Böller zu Silvester – nur hoffte ich, dass sie im Umgang mit Junkfood, visuellen Drogen oder eben Knallkörpern Maß zu halten lernten. Sie zu verbieten führte jedenfalls nicht zum Erlernen von Eigenverantwortung. Aber ich gebe zu, dass ich mir das anders vorgestellt hatte und auch, dass die Widerstandskräfte erlahmt waren. Und ich sah die Begeisterung und Vorfreude auf die Knallerei in ihren Augen, auf das erlaubte mit dem Feuer spielen und Krach machen.

Eigentlich sollen meine Kinder barfuß Fahrrad fahren auf Asphalt, der so heiß ist, dass er weich wird und anfängt zu schwitzen. Kindheit, das sind Haare, blond von der Sonne und an den Spitzen weiß, das ist morgens, mittags, abends im Meer baden und am Strand schlafen, das Gefühl von Creme, die in die Haut einzieht und von rauen Vaterhänden, die sie verteilen. Kindheit, das ist der Geruch von Erde, trockener Erde, von Heu und Gras, das ist unter Getreidesilos sitzen und aus Forsythienzweigen oder Rohrkolbenstängeln Pfeifen bauen, in die man das verrottende Gras stopft und durch die man seine Hitze inhaliert, Kindheit, das sind Stoppelfelder und Staub in den Augen.

*

Ich musste meinem Mann sagen, dass ich Tanya eingeladen hatte und dass Marten auch kommen sollte. Als ich mein Handy raussuchte, sah ich, dass er mich viermal versucht hatte anzurufen. Ich hatte es im Supermarkt nicht gehört.

„Hi. Wo warst du gestern?“ Ich bekam den Frost nicht aus meiner Stimme.

„Hast du die Mailbox nicht abgehört?“

„Sorry. Ich war bei Tanya.“

Er überging den Hinweis.

„Es ist etwas passiert.“

Er wollte es mir am Telefon erzählen, es war nicht zu fassen. Auch wenn ich es eigentlich gar nicht hören wollte – das Gespräch hätte von Angesicht zu Angesicht stattfinden müssen.

„Die Sache mit Tom ist aufgeflogen. Ich glaube, es ist gelaufen.“ Er ging also zum Angriff über, wollte mir mit Vorwürfen den Wind aus den Segeln nehmen. Woher nur wusste er es?

„Julian Assange hat damit gedroht, alle Unterlagen, die er noch hat, zu veröffentlichen, falls ihm etwas zustoßen sollte. Auf Mord folgt Veröffentlichung. Das hat er ausgerechnet Al Jazeera gesagt. Und die Regierungen, die Geheimdienste und Banken und was weiß ich müssen in Panik verfallen sein. Die Bank of America hat eine Task Force eingerichtet, um festzustellen, ob kompromittierende Dateien geklaut worden sein könnten. Und das hat der MAD wohl auch getan. Und sie haben eine Spur zu Tom gefunden.“

Langsam, sehr langsam verstand ich, wovon er redete.

„Willst du mir nicht sagen, worum es eigentlich geht. Bei Tom? Was hat er gemacht? Was hat er zu erzählen?“

„Er weiß genug, um Deutschland in schweres Wasser zu bringen. Ich musste mit meinem Intendanten sprechen und dann sogar mit dem Vorsitzenden des Rundfunkrates. Wir sind ein öffentlicher Sender."

„Wann kommst du?"

„Jetzt. Ich bin so hundemüde."

„Ja, komm."

Ich wartete auf ihn. Eine merkwürdige Stunde. Ich hätte Sport machen können, ich hätte arbeiten können, ich hätte mich im Internet erkundigen können, dass MAD als Abkürzung für „Amt für Militärischen Abschirmdienst" steht und was dessen Aufgabe ist. Nichts davon tat ich. Ich machte weder die Betten, noch kochte ich, noch dachte ich nach. Ich wartete auf meinen Mann. Und zwar auf seine Person mit allem, was ich von ihr wusste und nicht wusste. In einer Mischung aus Erinnerung und Wesensschau konzentrierte ich mich auf die andere Hälfte meines geteilten Lebens. Als ich das Auto vorfahren hörte, war mir klar, dass es nichts zu entscheiden gab oder zu tun. Ich musste einfach nur zusehen, dass das Leben weiterging, und dann würde sich schon zeigen, wie es weiterging.

*

Er strich mir über den Kopf und setzte sich an den Tisch.

„Ich habe Tom und Tanya zu Silvester eingeladen."

„Schön", sagte er zu meiner Überraschung.

„Du findest Tanya nicht mehr doof?"

„Ich fand sie nie doof."

„Und was ist mit Tom?"

„Er wird sicher überwacht. Vielleicht ist das eine gute Gelegenheit für ihn, zu zeigen, dass er ihnen entwischen kann. Was würde er sonst tun? Silvester in einem Hotelzimmer verbringen?"

„Wohnt er im Hotel?", fragte ich.

„Keine Ahnung. Ich weiß nur, was er mir gesagt hat und dass er es belegen konnte. Du kennst ihn doch. Wie war er früher?"

Ich setzte mich ihm gegenüber.

„Ich kenne ihn eigentlich gar nicht. Ich hatte nicht viel mit ihm zu tun."

So wie ich vorhin an meinen Mann gedacht und Situationen erinnert hatte, die unser Leben bestimmten, zogen jetzt Bilder von Marten an meinem inneren Auge vorbei. In den Krähenfüßen, die jetzt seine Augen einfassten, sah ich das Jungengrinsen, wenn er am Strand Quallengruben baute, in die Touristen bis zum Oberschenkel einbrachen, oder als wir nachts über den Zaun zur Seebadeanstalt kletterten, um ins Wasser zu rutschen.

„Ich bin mit ihm auf der zugefrorenen Förde Schlittschuh gelaufen."

„War er irgendwie auffällig? Aufsässig oder so?"

„Er war nicht leicht von Modeerscheinungen zu beeindrucken, und er hat sich in der Schule mit dem Philosophielehrer über den Sinn von Kriegseinsätzen gestritten."

„Dass Kriegseinsätze keinen Sinn machen?"

„Nein, dass Krieg der normale Zustand ist und Frieden nicht dauerhaft."

„Das ist doch was."

„Ja. Das ist was. Nämlich total traurig."

„Da hast du recht. Wo nehm ich, wenn es Winter ist, die Blumen …"

„… und wo den Sonnenschein, und Schatten der Erde?"

Hölderlin. Hälfte des Lebens, ein kleines Gedicht, eine Miniatur über das Älterwerden. Das Reden in Zitaten. Als ob wir uns nur noch uneigentlich begegnen konnten.

XIX

Marten schickte ich eine SMS. „Lieber Tom, mein Mann und ich würden uns sehr freuen, wenn du mit uns Silvester feierst. Um 20 Uhr. Kommst du?“ Ich erhielt keine Antwort. Ob das eine Art Geheimhaltungsstrategie war oder schlicht Irritation, ich konnte es nicht einschätzen. Während ich mich durch die Tage mogelte, versuchte ich mir darüber klar zu werden, was eigentlich gerade passierte. Offensichtlich ging meine Ehe den Bach runter. Offensichtlich betrog mein Mann mich und ich ihn. Offensichtlich liebte ich meinen Mann nicht. Nein, das war nicht offensichtlich. Aber die Liebe reichte nicht aus, mich in dem vertrauten Leben zu halten. Ich wollte nichts Vertrautes mehr. Sein Reiz war verschwunden. Und wenn ich mich fragte, ob es Eifersucht war, die mich zu Marten getrieben hatte, und wenn ich ganz ehrlich darauf antworten sollte, dann musste ich sagen, dass es so nicht war. Da war der Schock, dass so etwas möglich war. Da war die Enttäuschung. Da war die Ratlosigkeit über die Ruchlosigkeit. Aber im Grunde gestand ich ihm zu, was ich mir zugestand. Und mein Zorn biss sich nicht an ihm fest, sondern an Tanya. Deshalb hatte ich sie eingeladen, um zu sehen, wie sie sich benahmen, und um sie bloßzustellen. Und Marten sollte mein Zeuge sein.

Morgens knallten draußen die ersten Chinaböller. Meine Kinder packten ihre Schlafsäcke, Zahnbürsten, frische Unterwäsche ein. Wenn Kinder ihre Sporttaschen zum Übernachten selbst packen, dann sind sie groß. Ich ermahnte den Großen, sich keinen Alkohol andrehen zu lassen.

„Mama. Ich pass schon auf."

„Es geht nicht darum, dass du keinen Alkohol trinken darfst. Obwohl du es natürlich nicht solltest. Aber du musst daran denken, dass Alkohol erst verzögert wirkt. Und grad bei Alkopops vergisst man das. Also …"

„Mama, mein Bus fährt. Tschüss. Guten Rutsch!" Er gab mir einen Kuss.

Ich stand da, verlassen, wie nur eine Mutter verlassen dastehen konnte.

Zum Einkaufen warf ich mir einen Rucksack über die Schulter. Als ich beim Türken um die Ecke die Kochzutaten für den Jahreswechsel hineintat, fasste ich in etwas Weiches, Haariges. Ich hatte die Perücke zwischen den Fingern. Draußen setzte ich sie auf.

Die Straße schwamm in Tauwasser. Ich spiegelte mich schemenhaft in ihrem schwarzen Glanz. Nein, nicht mich. Ich sah die andere, die ich war.

Mit der Perücke auf dem Kopf ging ich zu meinem Höker und kaufte drei Flaschen Sekt und eine Flasche Champagner. Der Student, der dort kassierte, guckte zwar so, als ob er mich von irgendwoher kannte, konnte mich aber nicht zuordnen. Auch die Stimme half nicht.

Es war zwölf durch, und in der Stadt waren nur noch die unterwegs, die entweder keine Familie oder zu viel davon hatten. Ich war nicht die Einzige, die zusehen musste, irgendwie über diesen Jahreswechsel zu kommen, und der das Feiern unangenehm war. Ein weiteres Jahr hinter uns gebracht. Ein weiterer Schritt. Ich schüttelte mir den Schnee von der Jacke. Was einem blieb, war, die Zeit zu überstehen, die Kinder gehen zu lassen, Sekt zu kaufen, Freunde einzuladen, das Beste daraus zu machen.

Mein Handy vibrierte in der Manteltasche. Ich öffnete das Icon mit dem Briefumschlag.

„14.00 Uhr am Nordmarkt. Ich spreche dich an."

So also war das Leben mit einem Soldaten oder Agenten oder gesuchten Soldaten oder was immer er war. Die Frau wurde per SMS einbestellt und musste spuren.

Die Straßen leerten sich, die Geschäfte schlossen. Wer jetzt noch etwas einkaufen wollte, musste auf die grüne Wiese.

Ich war um 14.00 Uhr am Nordmarkt. Ich stellte mich sogar mitten auf den Platz. Aber ich ließ die Perücke auf. Langsam drehte ich mich um mich selbst. Die Kirche schlug zweimal tief und düster.

Ein Bettler lag unter einem Haufen Kleider vor der Apotheke. Ich hatte gelesen, dass die Obdachlosen die angebotenen Nachtasyle nicht in Anspruch nahmen. Sie hatten einen Kodex, den Stolz der Straße. Dieser hier stank zum Steinerweichen. Kurz dachte ich, dass es Verwesung sein musste und der Mann tot. Immerhin taute es, und der gefrorene Körper könnte seine Gase freigeben. Wie auch immer, ich konnte mir sicher sein, dass es nicht Marten war. Das Versteck wäre perfekt gewesen.

Und dann sah ich ihn. Er hatte den Kragen des Mantels hochgeschlagen und eine Mütze in die Augen gezogen. Mit großen Schritten überquerte er den Platz und ging dabei nur etwa drei, vier Meter an mir vorbei. Ich sah durch ihn hindurch, sein Blick streifte mich, dann war er weg. Er steuerte auf das einzige Café zu, ging hinein und kam nach einer halben Minute wieder heraus. Inzwischen wartete ich verborgen in einem Hauseingang. Marten kickte einen schweren schwarzen Schneeklumpen weg und zog sein Handy aus der Tasche. Ich fingerte fieberhaft nach meinem, entsperrte es und stellte es auf lautlos. Ich ließ Marten auf die Voicebox sprechen.

Dieser Mann würde mir nicht mehr weismachen, dass ich ihm nichts bedeutete. Ich hatte ihn. Er war in mich verliebt, er begehrte mich, er wollte, dass wir uns trafen und wieder in ein Hotel gingen. Mir wurde warm vor Glück.

Unschlüssig ging Marten hin und her. Er stand jetzt genau an der Stelle, wo ich vor zwei Minuten gestanden hatte. Er steckte sich eine Zigarette in den Mund, zündete sie aber nicht an. Dann warf er sie in eine Pfütze und ging. Ich wartete, bis er etwa dreißig Meter Vorsprung hatte, dann verließ ich meine Deckung.

Er ging zielstrebig durch die Fußgängerzone, ohne sich umzusehen. Sonderlich verfolgt schien mir Marten nicht zu sein.

Während ich ihm nachging, wuchs meine Überzeugung, dass er heute Abend kommen würde. Hätten wir uns eben getroffen, dann wäre er bestimmt in einem Kokon aus James Bond und Mad Max verschwunden. Aber so wie ich ihm folgte, so hatte sich das Spiel gedreht. Es wäre schön gewesen, etwas mehr von Marten zu wissen, dachte ich. Wenn er reden würde, mir erzählen würde, was passiert war oder was er wusste oder was er vorhatte. Ob er ein neues Leben anfangen oder zurück in sein altes gehen wollte. Vielleicht wäre ich ja ein Teil davon. Wäre das möglich? Dass er mir und den Kindern ein solches Angebot machte? Oder sollte ich es fordern? Oder ohne die Kinder? Das war unvorstellbar. Aber würden sie ihren Vater verlassen? Das Band war fest. Manchmal hatte ich das Gefühl, mich liebten sie zwar, aber mein Mann war einer von ihnen. Und in den Filmen, die meine Jungs gucken, zählt Kameradschaft mehr als Liebe.

Plötzlich war Marten weg. Ich hatte einen Augenblick nicht aufgepasst. Ich ging weiter, suchte die Straße ab nach offenen Läden oder Seiteneingängen. Es gab weder das eine noch das andere. Kein Hinterhof, keine offene Tür. Und Marten war weg. Ich fluchte leise, und mein Glücksgefühl zerstob. Gerade, als ich wieder los wollte, fiel ein schwacher Lichtschein aus einem der Fenster über mir. Ich sah hoch. Ein Mann mit Wollmütze schloss die Vorhänge im zweiten Stock. Im ersten Stock war ein Waffengeschäft. Jagdgewehre, Polizeipistolen und Samuraischwerter lagen im Schaufenster.

Als ich hochschaute, trafen sich unsere Kopfbewegungen. Der Mann verharrte kurz. Er hatte diese Frau mit den blonden Haaren schon mal gesehen.

Ich ging hastig weiter.

XX

Ich machte mich schön. Das ist buchstäblich so gemeint. Nicht cool, nicht sexy, nicht mit einem Hintersinn. Ja, das Jahr verging mit Ungewissheit, und was das neue brachte, war zweifelhaft, und ja, wieder ein Jahr weg auf der nach oben geschlossenen Skala. Ein Jahr, das kein schlechtes gewesen war, aber auch kein Jahr der erfüllten Träume oder des Ausbrechens aus eingefahrenen Mustern. Im Gegenteil. Wir hatten sie uns gemacht, die Muster, und waren zufrieden mit ihnen gewesen, zufrieden mit dem großen Glück des Kleinen. Und so, weil es nicht um das Jahr ging, nicht um den Anlass, nicht um einen Stolz, noch nicht mal um meinen Mann, Tanya oder Marten, weil es nur um mich ging, machte ich mich schön. Ich zog die goldene Unterwäsche an, die mir mein Mann einmal in einem Anfall von Frivolität gekauft hatte, ein enges, schwarzes Top, darüber eine glitzernde Joppe, einen Fransenrock und hochhackige Schuhe.

Ich schminkte mich.

Als ich in die Küche kam, stand mein Mann dort, zwei Champagnergläser in der Hand. Er trug ein weißes Hemd und die abgestoßene Jeans, die ich so an ihm liebe. Das Feuer im Kamin knisterte. Er reichte mir ein Glas.

„Ich weiß nicht, ob es dir etwas bedeutet. Aber ich habe mich entschieden, mein Leben mit dir zu teilen, und ich freue mich darüber jeden Moment, jedes Mal, wenn ich neben dich ins Bett krabble, jedes Mal, wenn ich dich sehe. Auf dich!"

Ich trank.

War das ein Schuldgeständnis oder die Bitte um Vergebung? Es klingelte.

Mein Mann machte auf. Tanya. Sie hatte sich die Haare lila gefärbt, trug ihr Rocksängerinnen-Outfit, Bänder um den Arm, das Peace-Zeichen am Hals. Sie küsste meinen Mann auf den Mund, so wie sie mich geküsst hatte zu meinem Geburtstag.

„Danke für die Einladung!" Sie hob einen Korb auf die Geschirrspülmaschine. Mein Mann verdrehte hinter ihrem Rücken die Augen.

„Eierpunsch!", sagte sie. „Heute bleibt kein Auge trocken! Wo ist denn mein Tischherr? Bin ich zu früh?"

„Nie", antwortete ich und gab ihr die Hand. Sie drückte mich an sich. Ich roch, dass sie schon getrunken hatte.

„Komm, hilf mir. Wir machen noch einen leckeren Aperitif."

Tanya stellte sich an den Herd, nahm einen der größeren Töpfe, drückte meinem Mann eine Weißweinflasche in die Hand, damit er sie öffnete, klaubte eine Dose Schlagsahne aus ihrer Kiste, mischte die Sahne mit Vanillezucker und sagte: „Bitte steif schlagen!"

Sie erhitzte den Weißwein. Die Rührmaschine ratterte gegen die Plastikwand, und ich hielt sie von mir weg, damit ich nicht vollgespritzt wurde.

Tanya goss erst Rum in den Weißwein und dann Eierlikör. Sie rührte alles zu einer dampfenden, gelben Soße zusammen.

„Gläser!"

Mein Mann schob ihr drei große Latte macchiato-Gläser hin. Tanya füllte sie und schob auf jedes noch eine Haube Sahne.

„Auf dass das Alte endet!", sagte sie.

Der heiße Alkohol ging sofort ins Blut.

„Gut?", fragte Tanya.

Ich deckte den Tisch mit dem leichten Schwanken, das Alkohol auf leeren Magen auslöst. Mein Mann hackte Zwiebeln und Lauch. Tanya trank noch einen Eierpunsch. Draußen wurde geknallt und geböllert.

„Ich bewundere euch! Ehrlich, es gibt nichts Schöneres, als euch zuzuschauen. Selbst wenn ihr Gemüse hackt, seid ihr ein Paar. Das ist echt intensiv."

„Das kann ja heiter werden", sagte mein Mann. Ich blickte auf die Uhr. Es war kurz vor neun. Marten war fast eine Stunde zu spät. Ich musste mich zusammenreißen, nicht mit körperlicher Gewalt auf Tanyas Geschwätz zu reagieren. Entweder mit dem Messer oder ihre Hand nehmen und auf die heiße Platte drücken oder ihr kochende Suppe über das Kleid schütten.

Dann stand Marten plötzlich in der Küche, die Wollmütze auf dem Kopf wie heute am Fenster.

„Sugar in the morning", sagte er leise.

„Tom! Wie bist du reingekommen?", fragte mein Mann.

Marten sah gespielt verlegen zur Seite und machte eine Geste wie „Frag mich nicht".

„Hoho! Mr. X! Ich bin Tanya." Tanya gab auch ihm einen Kuss auf den Mund.

Marten wischte ihn weg.

„Hallo", sagte er. Für einen Moment veränderte sich sein Gesicht. Eine Falte stellte sich steil auf seine Stirn, als müsse er sich sehr konzentrieren, vermutlich ordnete er ihr Gesicht ein, taxierte sie. Wonach, war mir nicht klar. Nach dem Wert einer Frau, die Fremde auf den Mund küsst, vielleicht.

Dann gab er mir die Hand.

„Dein Haar, es ist irgendwie anders", sagte er. Er wusste, dass ich ihm mit der blonden Perücke gefolgt war.

„Eierpunsch?", fragte mein Mann.

„Gern."

Wir schnitten das letzte Gemüse, mein Mann würfelte Fleisch, schmeckte es mit einer Rotweinsoße ab, ließ alles köcheln. Während wir auf das Essen warteten, lümmelten wir auf dem Teppich um den Kamin herum.

„Und was machst du, Mr. X?", fragte Tanya.

„Ich hab auf deiner Homepage gesehen, dass du singst. Hat mir sehr gut gefallen. Eine Mischung aus Annie Lennox und Patty Smith. Echt gut!"

„Das ist mein Jahr!", rief Tanya in gespieltem Übermut. „Ein Fan."

Marten redete weiter über ihre Musik, kein Wort über sich. Und Tanya schien es nicht aufzufallen, wie gut er über sie Bescheid wusste.

„Du solltest sie auf der Bühne sehen …", sagte mein Mann, als hätte er sie schon mal auf der Bühne gesehen.

„Gern! Wann zum Beispiel?"

Ich wechselte das Thema und rief zum Essen. Tanya trank noch einen Eierpunsch, Marten auch. Mein Mann und ich Rotwein.

Ich vergaß, meinen Mann und Tanya zu beobachten. Ich war gelöst und entspannt. Aber nie vergaß Marten, mich zu beobachten.

Als wir nach dem Dessert noch einen Schnaps getrunken hatten, lehnten wir uns alle erschöpft auf unseren Stühlen zurück. Marten hatte seinen Seemannspullover ausgezogen. Er trug ein blaues T-Shirt, und man konnte sehen, dass er eine Tätowierung auf dem Oberarm hatte.

„Was steht da?", fragte Tanya.

„Es ist arabisch und heißt: Gott ist groß", sagte Marten.

Tanya gackerte laut los.

„Bist du ein Taliban? Warte, da hab ich was!" Sie ging in die Diele und kam mit einem ordentlichen Stück Haschisch zurück.

„Schwarzer Afghane!"

XXI

Tanya baute einen großen Joint.

„Darf ich hier drin?“, fragte sie.

„Du nicht!“, sagte mein Mann und nahm ihr die Tüte aus der Hand. Er zog und gab weiter. Wir alle rauchten. Das Beste war, dass ich in meinem Wohnzimmer rauchte. Das Zweitbeste, dass ich schon so lange nicht mehr gekifft hatte und ich gar nicht mehr wusste, warum man das machte, es mir jetzt aber schlagartig wieder einfiel.

Zu dem Joint tranken wir noch einen Eierpunsch. Wir setzten uns wieder vor den Kamin.

„Wie beim Flaschendrehen“, sagte ich. „Mit Küssen.“

„Wahrheit oder Tat“, sagte mein Mann.

Marten stand auf und holte eine Flasche. Er ließ sie kreiseln. Sie zeigte auf Tanya.

„Wahrheit oder Tat?“, fragte er.

„Wahrheit!“

„Hast du schon mal rote Unterwäsche getragen?“

„Nie! Ich trage grundsätzlich keine!“

Tanya drehte. Die Flasche zeigte auf meinen Mann.

„Tat!“

„Bau uns noch einen Joint!“

Mein Mann stand auf, und wir warteten und spielten erst weiter, als wir dabei rauchen konnten.

Mein Mann erwischte Marten.

„Hast du schon mal …“, er grinste verschmitzt, „… im Sitzen gepinkelt?“ Die Männer lachten.

„Weiter, weiter“, rief Marten.

„Erst antworten!“, sagte ich.

„Ich war vorhin auf eurem Klo. Ich kann nicht antworten.“

„Du Schwein“, rief ich und warf mit Kissen auf ihn.

Er drehte und traf sich selbst.

„Tat!“, sagte er.

Und dann: „Küss die Hausherrin!“

„Okay.“

Und ehe ich es begriff oder ein anderer, hatte er mir einen Kuss auf den Mund gedrückt.

Marten drehte die Flasche. Mein Mann lachte. Die Flasche zeigte auf ihn.

„Hast du deine Frau schon mal betrogen?“, fragte Marten.

Tanya kicherte. Marten nicht.

„Nie!“, sagte mein Mann.

Ich schlug ihm ins Gesicht. Verdattert sah er mich an.

„Was soll das?“

„Du musst die Wahrheit sagen!“, sagte ich.

„Ich sage die Wahrheit!“

„Und was ist mit Tanya?“

Tanya prustete laut los.

„Bitte?“ Mein Mann setzte sich gerade hin.

„Sag es!“, gackerte Tanya.

Mein Mann legte die Flasche so hin, dass sie auf mich zeigte.

„Liebst du mich noch?", fragte er.

Ich schüttelte den Kopf.

Er verlor alle Farbe in diesem Augenblick. Und ich hatte das Gefühl, ich konnte zusehen, wie sein Haar grau wurde.

„Sag das nicht", rief Tanya.

„Nein", sagte ich, „nicht, seitdem du mich betrügst."

„Ich betrüge dich nicht, Himmelarsch", rief mein Mann und sprang auf. „Nicht mit Tanya noch mit sonst irgendeiner."

Beim Aufspringen hatte er die Flasche getroffen, die jetzt zu Marten schlitterte.

„Hast du deine Frau schon mal betrogen?", fragte Tanya.

„Ich hab keine Frau", antwortete Marten.

„Hast du schon mal was mit einer verheirateten Frau gehabt?", fragte sie.

Marten antwortete nicht. Plötzlich starrten ihn alle an.

Und ich wünschte mir, er würde die Spielregel brechen. Scheiß auf die Wahrheit! Rette meine Ehe, Marten! Rette mich! Sag es nicht!

„Nein", hörte ich meinen Mann ungläubig sagen. Ich spürte seine Hand auf meinem Kopf. Er drehte mich zu sich.

„Nein!", wiederholte er.

Ich nickte.

„Mit Marten?"

„Wer ist Marten?", hörte ich Tanya.

„Ich dachte, du hast etwas mit Tanya. Ich dachte …"

Ich sah meinem Mann nach, wie er ging. Draußen krachten die Böller. Die Kirchenglocken läuteten. Es war Mitternacht. Das alte Jahr war zu Ende. Die Haustür fiel ins Schloss.

XXII

„Frohes neues Jahr", sagte Tanya.

Wäre es nach ihr gegangen, wir hätten noch einen Joint geraucht. Aber Marten setzte sie kurzerhand in ein Taxi nach Hause.

Ich stand in der Küche, wusch die Töpfe und Teller ab und weinte dabei.

Marten saß auf einem Stuhl am Tisch und hatte den Kopf in die Hände gestützt.

„Ich dachte, du wusstest, dass er mich betrügt", sagte ich schließlich.

„Das tut er auch."

„Er hat also gelogen?"

„Ich habe ihn fotografiert", sagte er.

„Mit Tanya?"

„Nicht mit Tanya. Ich zeig dir die Bilder."

*

Als Marten und ich vor dem glimmenden Kamin miteinander schliefen, war es der traurigste Sex, den ich je hatte. Ich wusste, dass es nicht richtig war. Aber was hätten wir sonst machen sollen?

Ich wurde wach, weil Marten zitterte. Das Feuer war

erloschen, die Asche schon kalt. Von draußen schien graues Licht durch die Scheiben. Marten lag nackt auf dem Teppich und fror im Schlaf. Ich hatte die Decke ganz für mich.

„Gott ist groß", sagte ich und deckte ihn zu.

„Warum hast du nach dem Ehebruch gefragt?", wollte ich ihn fragen. Aber das war unnötig. Ich hatte es darauf angelegt. Der ganze Tag, die ganze Woche, die Tage seit meinem Geburtstag, seit der Perücke hatten dies vorbereitet.

„Tut mir leid wegen gestern", hörte ich ihn jetzt sagen. „Aber andererseits – was für eine Scheiße ihr hier abzieht. Es ist auch gut, dass das aufhört."

„Was meinst du?"

„Du und dein Mann und diese Psycho-Tanya. Dieses ewige Reden und Reden, diese endlose Selbstreflexion über Schuld. Die Moderation eures eigenen Lebens."

„Das ist unser Leben, das Moderieren", sagte ich.

Ich stand auf. Ein stehender nackter Körper ist hässlicher als ein liegender. Ich fühlte mich von Marten gemustert und sah zu, dass ich unter die Dusche verschwand.

Aufrecht zu stehen machte die Kopfschmerzen heftiger. Ich hielt mein Gesicht in das fallende Wasser. Aber erst, als das Wasser über den gesamten Körper strömte, begriff ich, was passiert war und was passieren würde.

Solange mein Mann und ich nur mit Marten und Tanya zusammen gewesen waren, war alles wie eine Blase gewesen, jenseits der Wirklichkeit, es ging nur uns etwas an. Aber jetzt konnte ich am Alltag ermessen, was passiert war, an jenen vielen kleinen Dingen, die ein Leben ausmachen. Die Kinder würden mittwochs und freitags alleine frühstücken müssen, weil ich ein frühes Seminar hatte, der gebuchte Urlaub nach Kreta würde ausfallen oder einer von uns würde alleine mit den Kindern fahren. Und nichts erschien mir trauriger, als eine geplante Familienreise, die keine Familie antritt. Vielleicht würden wir uns vor Gericht auseinandersetzen, uns über CDs und Gläser und Gartenmöbel streiten. Dann würden wir uns über die Schuldfrage definieren. Und um Schuld ging es auch. Und plötzlich schüttelte es mich. Da war etwas, das ich mir nicht eingestehen wollte. Ich stellte das Wasser abrupt auf kalt. Im Schlag der Kälte verschwanden Kater und Kopfschmerz. Ich glaubte meinem Mann, dass er kein Verhältnis hatte, weder mit Tanya noch mit sonst einer. Ich kannte ihn seit zwanzig Jahren, ich wusste, wenn er etwas vorspielte. Oder vielmehr: Ich wusste, dass er mir jetzt nichts vorspielte. Vielleicht würde er mich betrügen, aber er würde mir nicht ins Gesicht lügen.

Schuld war das Schlüsselwort. Mir war schlecht, als ich mich anzog. Ich wusste, dass ich einen Fehler gemacht hatte, noch bevor ich zu Marten ging und ihm sagte, dass ich jetzt, jetzt sofort die Bilder sehen müsse, die meinen Mann und eine andere Frau zeigten.

Marten nickte, stand auf und zog sich an. Ich blickte auf seine vernarbte Hand.

„War das ein Anschlag“, fragte ich, „das mit dem Finger?“

„Ich habe versprochen, es nur deinem Mann zu erzählen.“

Ich nahm das so hin. Offenbar ging Marten davon aus, dass mein Mann ihn noch immer interviewen würde.

Er fragte nach Aspirin und schluckte zwei Stück.

„Ich bin in einer Stunde zurück", sagte Marten.

„Ich komme mit", sagte ich. „Ich weiß eh, wo du wohnst."

„Dann setz dir deine Perücke auf."

Also gingen wir. Er mit der Mütze tief im Gesicht und ich mit blonden Haaren.

*

„Was ist das eigentlich für ein Spiel, das du treibst?", fragte er.

„Nicht wesentlich anders als deins, oder? Du kennst eine Wahrheit, und ich auch. Und beide müssen wir uns verkleiden."

„Ich wollte jetzt keine Welterklärung. Ich wollte wissen, woher du das Ding hast und warum du es aufsetzt."

Ich erzählte ihm, dass sie von Tanya kam, und er lachte.

„Da hätte ich auch selber drauf kommen können. Wahrscheinlich wollte sie dich damit für irgendwelche Swingerclubs ködern."

„Woher weißt du …"

„Ich hab recht, oder? Und du hast dir eingeredet, es geht um Selbstfindung. Dabei hast du es gewusst. Oder wissen müssen. Es ging um etwas ganz anderes, die ganze Zeit."

„Immerhin hab ich dich damit ausfindig gemacht. Auch eine Form von Findung."

„Das stimmt. Ich wusste nicht, wie billig deine Tricks sind."

Es klang beleidigend und war auch so gemeint. Der Neujahrstag war nass und windig. Zermanschtes Böllerpapier klebte auf dem Kopfsteinpflaster, Raketen lagen ausgebrannt auf den Straßen.

„Deine sind dafür teuer erkauft. Vermutlich wirst du deine Geheimnisse jetzt woanders anbieten müssen."

Er blickte mich überrascht an.

„Du hast den Mann hintergangen, der dich interviewen soll, der dich in die Sendung holen kann. Ein bisschen kenne ich meinen Mann. Er ist stolz. Er wird dich nicht mehr haben wollen."

Marten wischte sich über die Nase, eine nervöse Geste. Offenbar hatte er sich das nicht klargemacht, dass das eine mit dem andern zu tun hatte.

Vor den Samuraischwertern, den Walthers und mechanischen Armbrüsten zog er den Schlüssel aus der Tasche. Wir gingen in den zweiten Stock. Seine Wohnungstür öffnete er mit einem Funkschlüssel.

Die Wohnung war spartanisch eingerichtet. Die Dielen waren blank, der nächste Mieter würde sie abschleifen müssen. Eine Matratze lag auf dem Boden, darauf ein Armeeschlafsack. Auf dem Gasherd in einer Kochnische stand die gleiche Espressomaschine, die mein Mann benutzte, und ein paar Kleidungsstücke lagen unordentlich unter dem Fenster.

Er holte einen braunen Umschlag und zog ein paar Fotos heraus.

Sie zeigten meinen Mann. Vorne waren Datum und Uhrzeit aufgedruckt. Er verschwand in dem großen

Hotel am Hafen. Kurze Zeit später hatte Marten eine blonde Frau fotografiert, die aus einem Taxi stieg. Sie hatte etwa die Größe von Tanya und ihre Power Yoga gestählte Figur. Aber sie hatte lange blonde Haare.

Das nächste Foto zeigte sie und meinen Mann. Sie kamen zusammen aus einem Fahrstuhl. Dann betraten sie gemeinsam ein Zimmer.

„Woher wusstest du, wohin sie gehen?"

„Das kann man herausfinden, heutzutage. Siehst du?"

Ich schüttelte den Kopf.

„Das ist deine Freundin."

„Tanya? Nie im Leben."

„Es sind die gleichen Haare, die sie dir geschenkt hat. Sie trägt eine Perücke."

Ich starrte das Bild an. Der Moment, als Tanya mich im Schwimmbad ansprach, dass sie mir überhaupt die Perücke schenkte, war das alles ein perverses Spiel? Ein Hinweis, dass und wie sie mich betrügen würde?

Aber zu deutlich war zu sehen, dass die Frau jung war, ihr Gesicht länger geschnitten und –

„Die Haare sind echt", sagte ich.

„Das kannst du nicht sehen."

„Ich weiß, wie sie sich anfühlen – diese hier fühlen sich anders an. Außerdem ist sie jünger, sie bewegt sich anders. Leichter. Es ist nicht Tanya."

„Dann ist es nicht Tanya. Ich wusste ja bis gestern nicht, dass es sie gibt. Aber letztlich ist es egal. Letztlich geht es um deinen Mann und dich."

Marten hatte recht, die Fotos legten einen Ehebruch nahe. Und trotzdem war da die Kälte des Wassers unter der Dusche und das jähe Wissen, dass ich im Unrecht war und Unrecht begangen hatte.

XXIII

Ich schlief nicht noch mal mit Marten. Ich ließ ihn in seiner Wohnung zurück und rief meinen Mann an. Dreimal klingelte sein Handy, dann legte ich auf. Ich wusste nicht, was ich hätte sagen sollen. Als ich es mir überlegt hatte, war besetzt.

Zu Hause machte ich mir einen Cocktail aus Mohrrüben, Orangen, Äpfeln und Ingwer. Danach ging es besser.

Ich räumte auf, lief extra zum nächsten Altglascontainer, um die Flasche, mit der wir gespielt hatten, hineinzuwerfen.

Danach holte ich die Kinder ab. Sie hatten bis um vier Uhr nachts auf der Straße geböllert und dunkle Ringe unter den Augen. Zu Hause sortierten sie ihre übrig gebliebenen Knallkörper und spielten mit mir eine Runde Skat.

„Schade, dass Papa nicht da ist", sagte mein Jüngster. Aber es bezog sich ausschließlich darauf, dass ich immer noch nicht begriffen hatte, wie man beim Skat reizt.

Ich machte den Kamin an. Müde waren sie, die Kindersoldaten der letzten Nacht. Sie dösten vor dem Feuer ein. Ich lag auf dem Teppich und betrachtete die geschlossenen Augen. Dann schickte ich meinem Mann eine SMS.

„Traue mich nicht anzurufen. Gehe jetzt weg, komme um 20 Uhr zurück."

Wenn es etwas gab, das ich tun konnte, dann ihm zu zeigen, dass es sein Haus und seine Familie war. Also musste ich weg.

Ich deckte die Kinder zu, zog mir Winterboots an und vermummte mich mit einem Schal.

Ich wanderte aus der Stadt Richtung Wasser. Auf der Ostsee trieb dünner Eisharnisch. Ich drehte mein Gesicht dahin, wo die Sonne hätte sein müssen, jetzt aber nur kalter Nebel war. Ich schloss beim Gehen die Augen und hörte auf die Ostsee, hörte ihr gieriges Schlecken. Seitdem es die Meere gab, gab es Wellen, die unaufhörlich kamen, sich übereinanderschoben, unablässig rauschten, ob ihnen jemand zuhörte oder nicht.

Hier hatte mich Tanya gefragt, ob ich schon einmal abgetrieben hatte.

Wir standen an diesem Strand. Das Licht war so hell, dass wir das andere Ufer nicht sehen konnten.

„Wieso?"

„Ich bin schwanger."

„Das ist doch toll!"

„Was soll daran toll sein? Ich war schwanger, besser gesagt. Ich habe es vorgestern abgetrieben. Es war das dritte Mal."

Um sie anzusehen, musste ich meinen Blick von dem gleißenden Licht abwenden. Meine Augen brauchten eine Zeit, um die Dunkelheit zu verarbeiten.

Tanya war vorausgegangen.

*

Ich bückte mich, hob einen Stein auf und jagte ihn als Flipper über die kleinen Wellen in das fiebrige Licht. So wie damals mit Tanya warf ich den Stein über das Meer, er dippte auf den Wellen auf, bis er von seiner Schwerkraft hinabgezogen wurde.

Ich blickte ihm nicht hinterher, sondern schaute auf den Strand, die zerhackten Schalen der Muscheln, den Teppich aus Algen. Diesmal gab es kein Licht, nur Nebel.

Als ich nach Hause kam, war mein Mann nicht da gewesen. Die Kinder waren aufgewacht, als es dunkel geworden war, und schauten jetzt einen Mantel-und-Degen-Film. Wir sahen ihn gemeinsam zu Ende. Das Happy End machte mich fertig.

Wir holten die Matratzen aus den Betten und bauten uns ein Bettenlager in meinem Schlafzimmer. Auf die Frage, wo ihr Vater sei und wann er komme, antwortete ich ausweichend. Und irgendwann war der Tag überstanden.

*

Der nächste Morgen begann mit Kaffeeduft und dem Knistern einer Brötchentüte aus der Küche. Ich lag im Bett und überlegte, ob es Marten war, der sich erneut Zutritt verschafft hatte.

Es war mein Mann. Er war unrasiert und trug ein graues T-Shirt, das offenbar frisch gekauft worden war.

Ich setzte mich an den Tisch, faltete die Hände um eine leere Kaffeetasse. Er hatte den Tisch für vier gedeckt. Jetzt stellte er die Butter auf dem Geschirrspüler ab, ließ die Hände fallen. In der Erinnerung kann ich das Ticken der Uhr hören. Ich hätte mich entschuldigen können, ich hätte hingehen und ihn küssen können, ich hätte weggehen können, aber immer hat uns in solchen Situationen die Sachlichkeit geholfen, das Sprechen über Fakten, nicht über Gefühle. Und deshalb fragte ich:

„Wer ist die blonde Frau?"

Er verstand nicht. Wahrscheinlich bezog er es auf meine Perücke.

„Die, mit der du im Hotel warst."

„Mein Gott", sagte er. „Ich dachte, du denkst, dass ich was mit Tanya habe."

Es tat gut, seine Stimme zu hören. Sie klang so normal.

„Das dachte ich auch. Aber ich denke es nicht mehr. Und die Blonde?"

„Das ist eine Frau, die beim MAD arbeitet. Ich habe sie ausfindig gemacht und überredet, sich mit mir zu treffen, um bestimmte Informationen abzugleichen. Ich wollte Martens Geschichte checken."

Martens Geschichte. Das war Martens Geschichte. Die Geschichte mit der Blonden war die Geschichte, die Marten mir erzählt hatte. Ich weiß nicht, wie ich aussah. Wenn ich daran denke, bin ich rot vor Scham.

„Und hat sie sie bestätigt?"

„Ja", sagte er.

„Willst du Marten also noch interviewen?"

„Wie oft hast du mit ihm geschlafen?"

„Dreimal."

Mein Mann holte die Marmeladengläser aus dem Kühlschrank und begann, sie zu verteilen. Dann hielt er inne.

„Ich kann das nicht", sagte er. „Ich dachte, es geht, aber ich kann das nicht. Ich gehe jetzt."

Ich sah ihm nach. Im Sitzen sah ich seinen Kopf vor unseren Fenstern auf der Straße.

„Es tut mir leid", sagte ich, „alles tut mir so furchtbar leid!" Aber er war schon um die nächste Ecke verschwunden.

XXIV

Wir gingen schwimmen. Das wellengebrochene Licht unter Wasser nahm allem die Kontur. Die Geräusche kamen nur noch gedämpft zu mir. Die Kinder tobten auf einer Rutsche herum. Danach verdrückten sie eine Riesenportion Pommes bei einem amerikanischen Fastfood-Restaurant. Anschließend brachte ich sie ins Kino.

Ich fuhr zu Tanya.

Sofort summte der Türöffner, als ich klingelte.

Tanya trug Jogginghosen und ein schlabberiges Hemd.

„Eigentlich sollte ich dich nicht reinlassen“, sagte sie.

„Was?“

„Du denkst, dass ich mit deinem Mann schlafe? Ich bin deine Freundin, du blöde Kuh! Was hältst du von mir?“

Ich wusste es nicht. Da war diese Swingerclub-Sache und die Perücke und ihre Frivolität und dass sie in einer Band spielte und so frei war und sich ständig neu erfand.

„Es tut mir leid. Entschuldige.“

„Ach was, komm rein.“

Und kaum, dass ich saß, grinste sie mich an. „Und du hattest was mit Tom?“

Ich nickte.

„Wie war's?"

„Traurig. Und leidenschaftlich."

„Das ist das Beste! Es muss sich falsch anfühlen, und man muss es trotzdem machen."

„Ich weiß nicht ..."

„Weil du jetzt Stress hast. Klar. Das ist so. Trotzdem, es ist cool!"

XXV

Mein erster Arbeitstag in der Uni war ein Ferientag. Die Gänge waren verwaist. Ich checkte die E-Mails und sah einen Stapel Facharbeiten durch, die sich mit der Shakespeare-Rezeption der Romantiker beschäftigten. An einer Arbeit über „Twelfth Night" blieb ich hängen. „Twelfth Night" heißt zwischen den Jahren. Diese Redewendung hat nichts mit Wechseljahren oder der Midlife-Crisis zu tun. Sie bezeichnet die Zeit zwischen Weihnachten und dem Dreikönigstag. Shakespeares Komödie „Twelft Night", auf Deutsch „Was ihr wollt", ist eine Verwechslungskomödie, in der eine Frau aus Versehen den falschen Mann heiratet. Der englische Titel bezieht sich auf den Dreikönigstag, den 6. Januar. Er ist der zwölfte Tag nach dem ersten Weihnachtstag und wird auch im deutschen Sprachraum Weihnachtszwölfer genannt. Er markierte den Beginn der Karnevalszeit. Menschen verkleideten sich, nahmen andere Identitäten an, täuschten die Wirklichkeit.

Mein Büro war klein, das Fenster zeigte auf den Campus, über den gesalzene Wege wie verdorrte schwarze Äste durch den Schneematsch liefen. Stapel von Büchern, die ich gelesen hatte und die noch zu lesen waren, lagen auf dem Eckschreibtisch. Ein Poster mit Albert Camus beschwor das Glück der Vergeblichkeit. Einige Kollegen hatten sich Teppiche, Sofas oder kleine Ikea-Möbelchen in ihr Büro gestellt, meines war ein Arbeitszimmer mit einem Schreibtischstuhl und einem extra Stuhl für die Studenten, die kamen. Es war nicht gemütlich. Und es war gut, nicht zu Hause zu sein.

Nachmittags riefen mich meine Kinder an und baten darum, bei Freunden übernachten zu dürfen.

Im Internet war die Sendung meines Mannes für heute Abend nur mit dem Standardtext angekündigt. „Afghanistan – der gerechte Krieg?" hieß es dort. Kein Wort über Marten. Das konnte beides heißen, sowohl dass mein Mann ihn nicht interviewen würde, als auch dass er es vorhatte, aber bis zum Schluss geheim hielt.

Ich spielte mit meinem Handy. Heute weiß ich nicht mal, wen von beiden ich anrufen wollte.

Viel zu rechtzeitig saß ich vor dem Fernseher und musste mir erst noch einen Krimi anschauen, bei dem ein Serienmörder seinen Opfern eine Hand oder einen Fuß abtrennt und sie wie eine Jagdtrophäe zurücklässt. Passenderweise spielte der Krimi im Jägermilieu der Superreichen. Aber am Ende klärte sich alles nur als Finanzverbrechen auf, und warum der Täter lauter abgetrennte Gliedmaßen zurückließ und so die Spur der Polizei auf sich lenkte, blieb das Geheimnis des Drehbuchautors. Nicht jede Geschichte muss aufgehen, aber aufgeplusterte Effekthascherei ist der Tod von Krimis.

Endlich sah ich den Trailer und hörte die Musik, die wir gemeinsam ausgesucht hatten aus einer Vielzahl von Samplern. Ein Hochsommernachmittag zwischen den

Johannisbeersträuchern in unserem Garten. Dieser Winter schien unvorstellbar damals.

Und dann sah ich meinen Mann in Ganzkörperaufnahme. Er trug einen grauen Anzug und ein schwarzes Hemd. Er sah blendend aus. Die Ausstattungsfirma hatte ganze Arbeit geleistet. Ruhig und tief war seine Begrüßung. Er sagte, dass sie abweichend von der üblichen Praxis nur einen Studiogast hätten, einen Gast, dem er und der Sender angeraten hätten, anonym zu bleiben, sein Gesicht nicht zu zeigen und die Stimme zu verzerren, der es aber zur Bedingung seiner Teilnahme gemacht hatte, offen zu sprechen. Tom Elder – und bei diesen Worten zog die Kamera auf und Marten wurde am Moderationstresen neben meinem Mann sichtbar.

Mein Mann stellte ihn vor, nannte seinen Dienstgrad und dass er beim Kommando Spezialkräfte diente.

„Ist es richtig, wenn ich dieses Kommando eine Eliteeinheit nenne?", fragte mein Mann.

„Das ist Teil der Geschichte", antwortete Marten.

„Was ist die Aufgabe Ihres Kommandos?"

„Es gibt kein vom Bundestag definiertes Mandat. Aber was wir tun, ist Menschen zu jagen, sie gefangen zu nehmen und an die Amerikaner auszuliefern. Das allerdings ist eine heikle Sache, weil es in Amerika die Todesstrafe gibt und die deutschen Gesetze die Auslieferung von Gefangenen in Länder, in denen gefoltert wird oder die Todesstrafe existiert, eigentlich verbietet."

Mein Mann hatte ihn nicht ausgeladen. Da standen sich die Rivalen gegenüber und redeten, als ginge es um nichts als die Wahrheit eines Einsatzes. Es war gespenstisch anzusehen.

„Wikileaks hat angedeutet, dass es Foltergefängnisse der Amerikaner in arabischen Ländern gibt. Überrascht Sie das?"

„Nein. Im Gegenteil."

„Im Gegenteil?"

„Ich war dort. Ich habe Gefangene dorthin gebracht."

„Haben Sie sich deshalb bei uns gemeldet?"

„Ich muss ein wenig ausholen."

Marten berichtete von jenem Jahr 1995, in dem er sich entschied, Soldat zu werden. Die Diskussionen mit unseren Lehrern, das Aufbegehren Martens gegen deren Pazifismus – damals war mir das so konservativ vorgekommen, geradezu reaktionär. Im August 1995 stürmten die serbischen Truppen von General Mladic die Stadt Sarajevo, die von holländischen Blauhelmen geschützt werden sollte. Sie taten es jedoch nicht, sondern verließen die Stadt. Sie sahen tatenlos zu, wie die gesamte männliche Bevölkerung dort abgeschlachtet wurde.

„Es gibt viele Theorien, warum es so kam. Ein Fehler in der Kommunikationsstruktur oder auch, dass die bosnische Regierung willentlich den Mord an den Männern in Kauf genommen hat, um die Nato zum Eingriff zu zwingen. Aber das interessiert mich alles nicht. Ich bin Soldat, kein Politiker. Wer ein Gewehr hat und den Auftrag, eine wehrlose Bevölkerung zu schützen, der darf nicht weglaufen, wenn das Gewehr zum Einsatz kommen soll."

Das war ein Satz, den ich kannte. Marten zitierte etwas, das sein Lebensmotto geworden sein musste. Und dann erzählte er seine Geschichte.

XXVI

Es war deutschen Militärs, und KSK-Offizieren erst recht, strikt untersagt, ohne Begleitung und ohne mindestens mittelschwere Bewaffnung durch die sogenannten Unruheprovinzen zu fahren. Die Sicherheitslage war 2010 so schlecht wie noch nie. Aber sein Auftrag gestattete ihm eine gewisse Flexibilität, wie er die Dienstvorschriften auslegte. Im Grunde war er der militärischen Hierarchie entbunden.

Sein Jeep rumpelte über Schlaglöcher. Hinter der nächsten Kurve lag der Bauernhof, in dem er einen Informanten treffen sollte. Ein Wohnhaus, daran anschließend zwei Stallungen, eingefasst von einer Mauer. In der Mitte stand ein knorriger Baum ohne Blätter.

Später würde Marten sich an jedes Detail erinnern, an die Rauheit der Rinde, an der er sich abgestützt hatte, an die Trockenheit des Staubs, an den Umriss des Baumschattens.

Er parkte den Jeep, stieg aus und musterte das Haus. Die Sonne stand über dem Giebel, und Marten war trotz seiner Sonnenbrille geblendet. Im oberen Stock gab es zwei Fenster. Die Holzläden waren einmal grün gewesen, aber die Farbe war verschossen und stellenweise abgeblättert. Aus einem der Fenster flatterte eine Gardine. Niemand war zu sehen. Irgendetwas irritierte Marten, aber er kam nicht drauf, was es war. Er nahm die Maschinenpistole vom Sitz und hängte sie sich am Riemen über die Schulter, sodass man vom Haus aus nur den Riemen, nicht aber die Waffe sehen konnte. Dann ging er auf das Haus zu.

„Hello", rief er. Mit diesem Wort verschwand die Nervosität. Zufrieden registrierte Marten, wie sie einer angespannten, aber vollständig ruhigen Aufmerksamkeit wich. Und dann wusste er, was ihn irritierte. Auf dem Sims eines der offenen Fenster im Obergeschoss lag eine gelb getigerte Katze und döste. Ansonsten waren keine Tiere zu sehen, kein Hund, keine Ziegen oder Schafe, nicht mal Hühner oder Gänse, die es sonst überall gab. Noch nicht einmal Vögel schienen da zu sein. Und im selben Augenblick, in dem er das begriff, fiel der Schuss. Marten fühlte erst den Schmerz, dann hörte er den Knall. Er fasste sich an die linke Hand und warf sich auf den Boden. Dann robbte er zu dem Baum und ging in Deckung. Erst jetzt sah er sich die Hand an. Wo sein Ringfinger gewesen war, war nur noch eine klaffende Wunde. Das Projektil war ihm über den Handrücken gestreift und hatte die Haut verbrannt. Er blutete wie ein angestochenes Schwein.

Er riss sich das Hemd auf und verband sich notdürftig. Der Himmel war blau und klar. Er kannte das Wort stahlblau dafür, aber das traf es nicht. Es klang zu hart und zu gemein, dieser Himmel war eher wie ein Laken. Dann rief er im Lager an. Er sagte, dass er unter Beschuss geraten sei und bat um Bestätigung, dass er aktiv gegen den Schützen vorgehen dürfe.

„Warten Sie."

*

Marten hatte gelesen, dass die Männer aus den Erschießungskommandos in Sarajevo über die Mengen an Munition für Pistolen und für automatische Waffen, die ihnen am Morgen ausgehändigt wurden, verwundert waren, und er hatte gelesen, warum sie stundenlang, den ganzen Tag Männer exekutiert hatten. Sie hatten nicht versucht, sich damit herauszureden, dass sie Befehlen gehorchen mussten. Sie begründeten ihr Morden sachlich damit, dass sie materielle Vorteile davon hatten. Sie sagten, dass die Streitkräfte der Republika Srpska gut bezahlten, dass sie die muslimischen Häuser in der Gegend an ihre Soldaten weitergaben, sie sagten auch, die Muslime hätten das Gleiche getan, hätten sie Möglichkeiten und Munition gehabt. Also erschossen sie die Muslime, übergaben sich, und erschossen die nächsten. Sie sagten, sie hätten überlegt, an ihnen vorbeizuschießen, aber dann wären die Moslems lebendig vergraben worden. Sie sagten, dann hätten sie zweimal sterben müssen. Das Grausamste an den Erschießungen sei nicht die Kugel, sondern das Warten darauf. Durchschnittlich erschoss jedes Kommando sechzig Männer in fünfzehn Minuten. Marten verstand nicht, dass die Bosnier nicht versucht hatten zu fliehen. Sie wurden aus Bussen über eine freie Wiese zu den Exekutionskommandos geführt. Sie sahen die Leichen, sie sahen die Serben mit den Kalaschnikows, sie rochen das Blut und den Kot der Erschossenen.

Sie wussten also, was mit ihnen geschehen würde. Und trotzdem stiegen sie aus dem Bus und ließen sich zu Hunderten von nur zwei Soldaten zum Hinrichtungsplatz führen. In der Nähe war ein kleines Wäldchen. Ein Fluchtversuch wäre nicht unmöglich gewesen, er war im Grunde sogar zwingend, dachte Marten. Er hatte die Karten studiert und das Gelände besichtigt. Die Bäume wären in wenigen Minuten zu erreichen gewesen. Wer es in den Wald geschafft hätte, wäre gerettet gewesen. Aber niemand hatte es versucht. Stattdessen baten sie um Wasser, bevor sie erschossen wurden. Sie wollten nicht durstig sterben, aber gegen das Getötetwerden wehrten sie sich nicht. Nicht ein einziger Gefangener hatte versucht zu entkommen, jedenfalls nicht in Branjevo. Wie Kindergartenkinder auf einem Wandertag stellten sie sich am Hinrichtungsplatz auf. Selbst Tiere im Schlachthof brüllten gegen ihr Lebensende an, muhten, kämpften. Wenn alle Gefangenen gleichzeitig losgelaufen wären, wären wahrscheinlich ein paar durchgekommen. Und selbst wenn alle niedergemäht worden wären, sie hätten es jedenfalls bis zuletzt versucht. Sie hatten nichts zu verlieren und hatten es dennoch nicht versucht.

Einer der Mörder hatte ausgesagt, dass er sich gewünscht hatte, sie wären geflohen. Dann hätte er wenigstens einen Grund gehabt, auf sie zu schießen. Es wäre leichter gewesen, hatte er gesagt, es auf diese Weise zu tun, und gerechter. Gerechter!

*

Endlich meldete sich das Hauptquartier und gab ihm die Erlaubnis zum Angriff.

Er zielte auf die offenen Fenster. Das morsche Holz der Fensterrahmen zersplitterte unter seinen Kugeln, die Projektile gingen glatt durch die Lehmmauer. In einer Minute konnte sein G 11 tausend Schuss abfeuern, Marten hielt eine halbe Minute auf das Fenster, variierte die Schusshöhe, schwenkte mit dem Lauf Millimeter nach links und rechts, nach oben und unten.

Der rechte Fensterladen hing lose in seinen Angeln, den linken hatte seine Salve abgesägt. Die Gardine hing zerfetzt in der Fensteröffnung. Vor dem Haus lagen Holzsplitter und abgeschossene Steinsplitter. Als sich der Tinnitus in seinem Ohr beruhigte, hörte er ein leises, aber schrilles Schreien. Die Katze lag halb verdeckt unter dem Fensterladen. Um die Last von seiner verletzten Hand zu nehmen, rollte Marten sich auf den Rücken und hielt das Sturmgewehr auf dem Bauch. Er zwang sich, gleichmäßig zu atmen und nicht zu hyperventilieren. Er spürte die Hitze des Laufs auf seinen Hals abstrahlen.

Marten wartete. Die Katze hörte auf zu schreien, der Lauf kühlte sich ab, aus dem Haus war kein weiterer Schuss gefallen. Die Wunde hämmerte und raubte ihm fast den Verstand. Er fischte ein neues Magazin aus seiner Weste, arretierte es, drehte sich wieder auf den Bauch, ging in die Hocke, musterte das Haus und den Vorplatz. Dann lief er los, gebückt, aber den Blick immer auf das Haus gerichtet. Wachsamkeit war wichtiger als Schnelligkeit. Aber niemand schoss. Er erreichte die Eingangstür unter den Fenstern, stellte sich mit dem Rücken an die Hauswand und lauschte konzentriert. Nur der leise Wind bewegte den Staub auf dem Boden. Neben dem Baum lag seine Sonnenbrille, vor seinen Füßen die Katze, halb vom Fensterladen verdeckt. In ihren Augen saßen Fliegen. Das Blut, das ihr aus der Nase gelaufen war, war schon getrocknet. Marten hob mit der Fußspitze den Fensterladen an, ließ ihn aber sofort wieder fallen. Der Hinterleib der Katze fehlte, die Kugeln hatten sie in der Mitte durchtrennt. Er hatte in dem Bruchteil der Sekunde, den er sie angesehen hatte, Teile der Lunge und des Darms gesehen, die aus dem offenen Bauch gequollen waren. Er atmete tief durch. Dann holte er Schwung und trat mit ausgestrecktem Bein gegen das Türschloss. Die Tür flog auf und knallte gegen die Innenwand. Vor ihm führte eine Treppe in den ersten Stock. Aber bevor er hochging, sicherte Marten das Untergeschoss. Er schaute in die zwei Räume rechts und links der Treppe. Er war überrascht, wie liebevoll eingerichtet und aufgeräumt sie waren. Es gab eine Vase mit künstlichen Blumen und geknüpfte Teppiche auf dem gescheuerten Fliesenboden. An der Wand hingen Tücher und Teppiche, und auf einem Diwan hinter dem Esstisch lagen Kissen drapiert. In der Küche, dem Raum rechts neben der Treppe, lag Knoblauch auf dem Tisch, geschnitten, und in den Regalen über dem Gasherd standen braune Krüge, es roch nach Nelken, Paprika und Kardamom. Irgendwie machte Marten das stutzig. Er hatte nicht mit einem ordentlichen Haushalt gerechnet, eher mit einem Schlupfwinkel, einer Räuberhöhle, wo jemand kalte Bohnen aus Konserven aß. Es gab keine Hintertür. Vorsichtig stieg er die Treppe hinauf. Sein Informant musste noch oben sein, tot oder lebendig. Mit äußerster Vorsicht schlich Marten die Treppe hinauf. Er trat an den Rand der Stufen, damit die Bretter nicht quietschten. Oben schob er sich liegend an der Wand entlang bis zu dem Zimmer, das auf den Hof zeigte. Dann ging er langsam in die Hocke und sprang in den Raum, das G 11 im Anschlag. Und während er sprang, so erschien es ihm im Nachhinein, schossen ihm die Fragen durch den Kopf, als wäre er in einen Kugelhagel geraten. Warum hatte es nur einen Schuss gegeben? Hatte der Informant, ein gesuchter Mann, kein Maschinengewehr? Wieso hatte er überhaupt geschossen? Wenn das eine Falle war, hätte man sie anders gestellt, wahrscheinlich hätte man eine Mine genommen. Hatte er unten im Wohnzimmer nicht an einem Bügel ein schwarzes Frauenkleid gesehen?

Dann landete er. Und sah vier Frauen. Eine alte mit grauen Haaren und einem dürren, hageren Gesicht, dessen linke Hälfte von Kugeln zerfetzt worden war. Sie war auf den Rücken gefallen, und das Blut war um ihren Kopf herum geflossen wie ein schwarzer Heiligenschein. Die anderen Frauen waren vielleicht Anfang zwanzig, trugen Jeans, karierte Hemden wie Marten, zwei von ihnen ein Kopftuch. Eine lag auf der Seite. Ihr Gesicht war unverletzt und ihr Kopf hing nach unten, als würde sie weinen. Zwei andere waren übereinander gestürzt. Als Marten die obere der beiden umdrehte, war ihre Brust eine offene Wunde. Vor der dritten lag ein altes Jagdgewehr und neben ihr Beine und Hinterleib der Katze. Marten starrte die vier Toten an. Er blieb stehen, mitten im Raum, das Gewehr im Anschlag und war unfähig, sich zu rühren, zu denken, zu handeln. Sie hatten ihn nicht angegriffen, sie hatten versucht sich zu verteidigen. Diese Frauen hatten ihn für einen Einbrecher oder Mörder gehalten. In Zivil und mit der MP über der Schulter. Aber warum wussten sie nichts von seiner Ankunft? War das doch eine Falle? Marten spürte, wie ihm kalter Schweiß ausbrach.

XXVII

„Das ist der Punkt", sagte Marten.

Ich hatte meinen Mann schon oft in Gesprächen erlebt. Nie, noch nie hatte er einen Gast so lange reden lassen, ohne ihn zu unterbrechen.

„Ich dachte, ich war falsch abgebogen. Das Hauptquartier hätte es wissen müssen. Ich habe mir die Protokolle des Tages angesehen. Sie haben eine GPS-Ortung gemacht. Sie wussten, wo ich war – genau da, wo sie mich haben wollten. Ich habe vier Frauen erschossen auf Geheiß der militärischen Führung."

„Ich kann das bestätigen", sagte mein Mann. „Wir konnten das überprüfen. Sie wussten es."

Die blonde Frau im Hotel, dachte ich.

„Wieso ist der Fall nicht an die Öffentlichkeit gelangt?", fragte mein Mann weiter.

„Nichts gelangt an die Öffentlichkeit, wenn es nicht Lecks in der Geheimhaltung gibt."

„Was haben Sie unternommen, nachdem Sie wussten, dass Sie der Mörder von vier Frauen sind?"

„Mir wurde wörtlich gesagt, dass das ein Kollateralschaden ist und kein Grund, sich Sorgen zu machen. Was mich allerdings nicht los ließ, war die Kleidung der Frauen. Das waren keine Bäuerinnen. Doch nachdem ich die GPS-Ortung überprüft hatte, wurde ich versetzt und hatte keinen Zugang mehr zu Informationen. Aber ich habe einen Verdacht. Ich glaube, es waren die zwei italienischen Journalistinnen und ihre Führerinnen. Beide wurden seit zwei Monaten in dieser Provinz vermisst. Sie arbeiteten an einem Bericht darüber, was mit den Menschen passiert, die wir gefangen nehmen und den Amerikanern übergeben. Aber ich bin mir nicht sicher, dass nur die Amerikaner das Problem sind."

„Sie wollen sagen, dass Sie auf Befehl der deutschen Militärführung gemordet haben?"

„Ja. Aus den GPS-Protokollen geht hervor, dass auch die Ankunft der Frauen auf dem Hof verzeichnet wurde. Ich war nicht zufällig dort."

„Was werden Sie jetzt tun?"

„Ich werde den Familien der beiden Journalistinnen schreiben."

„Und dann?"

„Dann gehe ich durch die Studiotür und denke, dass der Militärische Abschirmdienst da wartet."

„Haben Sie Angst um Ihr Leben?"

„Nein."

Mein Mann begann seine Abmoderation. Aber Marten schaltete sich noch einmal ein.

„Darf ich noch etwas sagen?"

„Ja."

„Der Irrtum, den ich in Afghanistan begangen habe, war nicht der einzige. Und auch der andere tut mir leid."

Er sah dabei direkt in die Kamera. Und ich verstand, was er meinte. Ich verstand, wen er meinte.

Ich machte den Fernseher aus, warf mir einen Mantel über, nahm den Schlüssel und sprang ins Auto.

In dem Augenblick ergriffen mich die Lichter eines ankommenden Wagens. Ich stieg wieder aus. Vor mir stand mein Mann.

„Eben noch im Fernsehen, jetzt schon hier?"

„Du hast es gesehen?"

„Was denkst du denn."

„Marten war großartig."

„Du warst es auch. Aber wie konntest du so schnell sein?"

„Wir haben die Sendung aufgezeichnet. Ausnahmsweise. Ein kleiner Trick, um ihm Vorsprung zu geben. Unser Justiziar hat die Unterlagen und Aussagen der Staatsanwaltschaft übergeben. Die Wahrheit muss ans Licht, oder was sagt man in solchen Fällen?"

Dieses große Wort. Wahrheit. Tatsächlich zwingt es uns dazu, uns immer weiter von ihr zu entfernen. Wahrheit ist auch nur eine weitere Täuschung. Und je öffentlicher etwas wurde, desto mehr musste sich das Ich in die Privatheit zurückziehen. Und dort begehen wir unsere Fehler jeder für sich allein.

„Er ist weg?"

„Das hoffe ich."

„Ja, ich auch."

„Ich hoffe das nicht nur für ihn. Auch für uns."

„Uns?" Er sagte das Wort, das keinen Inhalt mehr hatte, das ich sinnentleert hatte, so selbstverständlich. „Ich hätte nicht gedacht, dass uns so etwas passieren kann." Ich machte mir die rhetorische Gemeinsamkeit zu eigen. Ich hätte eigentlich von mir reden müssen. Wie *mir* so etwas passieren konnte.

„Ich hab mir übrigens noch einen zweiten Trick ausgedacht. Ich habe ihm deine Perücke gegeben. Als ich neulich gegangen bin, habe ich sie aus deinem Mantel genommen. Ich finde nicht, dass du sie noch tragen solltest."

„Nein", sagte ich.

*

Am Dreikönigstag schmückten wir den Tannenbaum ab und verstauten Engel und blaue Kugeln in dem alten Umzugskarton. Wenn mein Mann und ich uns ansahen, lächelten wir. Es war mild geworden. Fast schmeckte die Luft nach Frühling.

Und dann dachte ich daran, worüber wir vor zwei Wochen an meinem Geburtstag gesprochen hatten. Hand in Hand gingen wir, wie frisch verliebt, was wir an diesem Morgen ja waren. Wie wir über den Alltag redeten, über die Wege der Kinder und die Pflichten der Tage.

Ich hatte mich geirrt. Nicht die lange und gemeinsam geteilte Erfahrung ist es, die einen zusammenhält, sondern der Kampf gegen sie. Das Wissen umeinander mag noch so vertraut und groß sein, kein Mensch kennt den anderen ganz, ganz kennen kann man noch nicht mal sich selbst. Und das ist eine gute Nachricht. Man darf sich nur nicht überraschen lassen von sich selbst. Ich muss auf der Hut sein, dass mich die List des Alltags und die gemeinsame Gewohnheit nicht einlullen. Erst sie machten mich unberechenbar. Halte ich den Widerstand gegen den Alltag aufrecht, widerstehe ich auch mir selbst.

XXVIII

Meine Männer spielen Fußball im Schnee. Ich höre sie johlen und übereinander herfallen. Ich denke an all die Dinge, die wir tun werden. Im Frühjahr werden wir aus jungen Haselzweigen Flitzebögen bauen, die Kinder werden Skateboard fahren und das Baumhaus ausbessern, um einen Ort zu haben, in dem ihre Schätze sicher sind; vom Wasser stumpf gespülte Glasscheiben, halbe Stunden mit Mädchen, die noch keine Freundinnen sind.

Ich bete nicht. Aber jetzt wünsche ich mir, dass alles so bleiben könnte, dass wir ein Leben lang so tun, als würden wir uns stets neu kennenlernen. Das letzte Buch habe ich nie fertig gestellt, meine Forschung über die vollkommene Sprache. Damals trennten sich unsere Wege im Kopf. Mein Bemühen, den Sinn von Sprache überhaupt zu erfassen, spiegelte den Ehrgeiz meines Mannes, seine Sprache zu perfektionieren und zu einer Waffe zu schmieden.

Während der Mann, der bald auch rechtlich meiner sein sollte, erstes Geld verdiente, schlug ich mich mit Logik und Heidegger herum. „Die eigenste, unbezügliche und unüberholbare Möglichkeit ist gewiss“, heißt es dort, und gemeint ist der Tod. „Die Befindlichkeit aber, welche die ständige und schlechthinnige, aus dem eigensten vereinzelten Sein des Daseins aufsteigende Bedrohung seiner selbst offen zu halten vermag, ist die Angst. In ihr befindet sich das Dasein vor dem Nichts der möglichen Unmöglichkeit seiner Existenz." Im Klartext: Den Sinn des Lebens erfassen wir nur in der Angst vor dem eigenen Tod. Und weil diese Angst so ungeheuerlich ist, erfinden wir die Sprache und reihen Worte an Worte. Als ich so weit war, etwa bei der Hälfte meiner Habilitation, widerlegte ich die großen, grauen Philosophen. Sie haben alle keine Ahnung. Ich, die mit dem glänzenden Abitur, und ich, die vom deutschen Volk ein Stipendium angeboten bekommen und abgelehnt hatte mit den Worten „Von dem nehme ich nichts". Ich, die mit den großen Hoffnungen und Erwartungen durchs Leben rannte, ich, die Professorin in spe, die Nobelpreisträgerin und erste Frau auf dem Mond, ich widerlegte das gesammelte Weltwissen, indem ich aufgab und mich für ein anderes Leben entschied.

Er begleitete mich zu dem Vorsorgetermin bei meiner Frauenärztin.

Ich lag auf der Pritsche, die Frauenärztin tastete meine Vagina ab, nahm einen Abstrich und spritzte mir aus einer Flasche, die an billigen Grillketchup erinnerte, kaltes Gelee auf den Bauch und klatschte in diesen Glibber eine Sonde. Dann drehte sie an einer Art Funkgerät, und plötzlich hörte ich die Herztöne meines Kindes, schnell wie der Flügelschlag eines Kolibris. Diesen Moment werde ich nie vergessen. Dieses irrsinnige Schlagen des kleinen Herzens.

Er ergriff meine Hand. Und da wusste ich, der Grundfehler meiner düsteren Sprachdenker war, dass sie den Tod zum Zentrum ihrer Welt machten und nicht das Leben, nicht die Liebe. Und wenn sie sagen, dass wir nur reden, um dem Tod nicht in der unerträglichen Einsamkeit der Existenz zu begegnen, dann sage ich, im Gegenteil, wir erschaffen durch unsere Sprache Leben.

Abends, als mein Mann mir am Küchentisch gegenüber saß, konnten wir noch immer nicht die richtigen Worte für unsere Fassungslosigkeit finden. Er legte seine Hände auf meine, weil er meinen Bauch nicht erreichen konnte.

„Ich werde Mutter", sagte ich.

Er grinste. Dann wurde er ernst.

„Wenn du es nicht willst …"

Ich zog meine Hand unter seiner weg.

„Sag das nicht", sagte ich. „Sag das nicht noch mal."

Ich sah ihm nach, wie er durch den engen Flur ging. Wir hatten eine kleine Wohnung, Bad und Küche zu ebener Erde, die beiden Zimmer im Souterrain. Als er die Klotür schloss, fiel eine Reißzwecke aus der Tür, die ein Plakat von The Cure hielt. Ich schaute auf die gelöste Ecke. Einmal hörte ich ein Geräusch, als würde ein Fenster geöffnet.

Nicht nur ich wurde Mutter, auch er wurde Vater. Wenn er jetzt gehen würde, wenn das Fenster nicht geöffnet wurde, um Luft auszutauschen, sondern weil er abhaute, was würde ich tun? Was würde es ändern?

Vor dem Haus wurde ein Motor angelassen. Was, wenn es unser Auto war und er jetzt fahren würde?

Ich schaute aus dem Küchenfenster und sah im Dunkeln einen Mann auf dem Bürgersteig. Das Geräusch des Fensters, das geöffnet wurde, hallte in meinem Kopf nach. Es regnete in feinen Tropfen, eher ein nasser Staub. Ich glaube, ich rief sogar leise seinen Namen.

Ich setzte mich wieder. Es würde nichts ändern.

Er kam zurück.

„Wir brauchen einen Namen", sagte er. „Und eine Wiege, ein Kinderzimmer, Strampelanzüge, Fläschchen, Schnuller …"

Wir brauchten Dinge. So war mein Mann. Über Dinge nahm er die Welt an. Und ich verabschiedete mich von den sinnlosen Worten all der Griesgrame und Philosophen, die keine Ahnung haben.

*

Ich gehe in mein Zimmer. Unten poltern Winterstiefel durch die Diele. Ich setze mich an meinen Schreibtisch, fahre den Laptop hoch und öffne ein leeres Dokument.

Unten in der Küche wird der Tisch gedeckt. Ein durchgefrorenes Kind dreht die Dusche auf. Die Sprache eines Hauses, die Artikulation des Lebens. Ich habe so viel über Sprache gelesen. Jetzt schreibe ich:

Dies ist eine Geschichte über mich. Und sie endet gut.

Tod eines Richters
Roman über ein ungewolltes Kind

Arno Surminski
272 Seiten
978-3-8319-0457-0

Er hatte es verdient zu sterben. Eines Abends erhält die Jurastudentin Hanna Bohra einen anonymen Anruf, in dem ihr mit diesem Satz der Tod ihres Vaters mitgeteilt wird. Kurz darauf wird der Tote vor seinem Schreibtisch liegend aufgefunden, doch alles an diesem Fall bleibt mysteriös. Wer kann ein Interesse am Tod des renommierten Richters im Ruhestand gehabt haben? Welche Rolle spielt der junge Mann, der sich mit dem Richter zu einem Gespräch über ein fachliches Problem treffen wollte? Hanna beauftragt einen Detektiv, Klarheit in die Angelegenheit zu bringen. Dieser dringt immer tiefer ein in ein Geflecht aus rechtlichen und ärztlichen Fragestellungen, das Spezialgebiet des Richters. Am Ende steht die Frage nach dem Wert eines Menschenlebens: Kann ein Mensch ein Schaden sein?
Arno Surminskis spannender Roman spielt an der Nahtstelle, wo die abstrakte Welt der Rechtsprechung auf das Selbstwertgefühl eines Menschen trifft. Er zeigt die bewegende emotionale Dimension eines „Falles" sowie dessen rechtliche, medizinische und ethische Aspekte.

Arno Surminski, geb. 1934 in Ostpreußen, kam nach der Deportation seiner Eltern in die Sowjetunion (1945) zu einer Familie in Schleswig-Holstein. Er ist Autor zahlreicher Romane, Erzählungen und Sachbücher. Außerdem arbeitet er als Fachjournalist im Bereich Versicherungen.
Im Ellert & Richter Verlag hat er die Bände *Das alte Ostpreußen*, *Die masurische Eisenbahnreise und andere heitere Geschichten* sowie *Winter Fünfundvierzig oder Die Frauen von Palmnicken* publiziert, ein Roman über das dramatische Ende des Zweiten Weltkriegs in Ostpreußen.

nichts ist alltäglich
Kolumnen von Andrea Paluch
192 Seiten
ISBN 978-3-8319-0427-3

Andrea Paluch beobachtet in ihren Kolumnen hintergründig, nachdenklich, originell und manchmal auch mit einer gewissen Ironie den Alltag, der alles andere als alltäglich ist, der den Blick für das Besondere behält. Zugleich bricht sie eine Lanze für die Gleichberechtigung von Mann und Frau. Und sie schreibt so, dass sich ihre Leser persönlich angesprochen und berührt fühlen.
Bei Andrea Paluch gibt es noch ein ganz normales Familienleben. Keine heile Welt, aber auch kein heilloses Durcheinander.
Wenn sie den Lesern Einblick gewährt in ihren Alltag, dann fühlt man sich irgendwie „zu Hause".

Unausgesprochen geht es um die eine große Frage, um die man sich im Alltag drückt: Wie können, wie wollen wir jetzt leben – Frau, Mann, Kinder, Gesellschaft, Weltgesellschaft? Es sind die Themen des 21. Jahrhunderts, die hier verhandelt werden: Pragmatismus statt Idealismus. Das Private nicht als Rückzug, sondern als Basis für Engagement. Die Familie nicht als Einengung oder Kampfzone, sondern als – na ja – Freiheit. Andrea Paluchs Texte strahlen eine Echtheit aus, die nie profan ist, sondern stets in der Balance zwischen dem Leben und dem Höheren. Eine seltene Qualität.
die tageszeitung

Beim ersten Empfang, den Andrea Paluch an der Seite ihres Mannes, des Grünen-Politikers Robert Habeck miterlebte, verstand sie auf einmal, weshalb Politiker Eitelkeit als Berufsrisiko haben. Die Politiker, welche die Autorin sonst nur aus der Zeitung und dem Fernsehen kannte, sagten zu Habeck: „Ist das Ihre Frau? Ich lese immer ihre Kolumne."
Frankfurter Allgemeine Zeitung

Impressum

Bibliografische Information der Deutschen Bibliothek
Die Deutsche Bibliothek verzeichnet diese Publikation in der Deutschen Nationalbibliografie; detaillierte bibliografische Daten sind im Internet über <http://dnb.ddb.de> abrufbar.

ISBN 978-3-8319-0459-4

Lektorat: Werner Irro, Hamburg
Titelbild: Maske Colombina, Karin Hochscherf, Köln
Gestaltung: Büro Brückner + Partner, Bremen
Gesamtherstellung: CPI books GmbH, Leck
www.ellert-richter.de